THE SELECTIONS OF

NEW CONCEPT

第十七届全国新概念

获奖者范本作品

方达 主编

北京联合出版公司
Beijing United Publishing Co.,Ltd.

想　要，

一直走到世界的　　尽头去。

目　录

Catalogue

Catalogue

作者介绍

李渊

笔名众多，干脆就叫本名，出生于1995年的李渊，一个邋遢的处女座。喜欢安静温暖的文字，只愿找到一个可以一起买菜的人。偶尔写写小诗，品品文字，并未成大器。喜欢Lady Gaga，并一直努力想要成为像她一样的人，无论异性同性人人兼生而完美！感激每一个喜欢我文字的人，微博请戳：李渊在这里。第十七届全国新概念作文大赛二等奖获得者。

臧心韵

1999年出生于青岛，有北方人的豪爽和属于自己的敏感。爱好众多但只对文字情有独钟。曾获第十七届全国新概念作文大赛二等奖。

陈缺

第十七届全国新概念二等奖、第十五届全国新概念一等奖获得者，在世的日子，虽有黑暗，仍像早晨。

严川

第十七届全国新概念作文大赛一等奖获得者。寻求真实的表达。

一匹马赛克

目前在某沿海工作室实习，极简主义提倡者，喜欢原研哉，爱摄影、爱闻胶卷的味道，任地方小剧场“住得很远”编剧。近期对于写作的态度：关于写作这件事儿，拿它当酒喝总比拿它当饭吃要好，君不见，编剧是一种行业，而文学是一种艺术。第十七届全国新概念作文大赛二等奖获得者。

朴生

生于小镇，目前居住在另一个“小镇”。搬家次数比朋友略微多一点。同人交流略有障碍，和计算机感情良好，并认为写代码和写字的形式相仿。曾认真考虑过念音乐学院或是戏剧学院，目前的想法是念Creative Writing，但也有可能去做程序员。喜欢王小波和卡尔维诺，认为小说的本质应该是“可能性”。但不论是程序还是小说，写出来的东西大多没谱。第十七届全国新概念作文大赛二等奖获得者。

陈依妮

一个胸怀大志的普通人，第十七届全国新概念作文大赛一等奖获得者。

羽西

出生于沿海小城，非典型射手座，就读于西南大学文学院。获“2011年冰心儿童文学新作奖”大奖、首届新蕾青春文学新星选拔赛全国总冠军、第四届“包商银行杯”全国高校文学征文评奖活动一等奖，第十五届、十六届全国新概念作文大赛C组二等奖等奖项。出版有《亲爱的，我们都将这样长大》《我们的青春长着风的模样》《飞鸟向左，扬花向右》等书。第十七届全国新概念作文大赛一等奖获得者。

炙萘

青年作家。出生于北方，内心慢热温软。喜欢写一些生活中的小情绪与小细节，亲近自然与动物。坚信人应心慈而貌美。坚持写作七年之久，作为一种爱好而非职业。曾多次发表文章于《美文》《小说绘》等杂志。此次荣获第十七届全国新概念作文大赛二等奖。

龚心远

男，1994年生人。萍聚浮散，仓促毋言。缘恰归时，必当详介。第十七届全国新概念作文大赛二等奖获得者。

刘坤

笔名蒋一初，水瓶座。安徽安庆人，有强烈的爱国主义情怀。常年行走于文字的边缘，态度端正但作品较少。读书不多且不求甚解。要求自己长久地写下去，坚信微笑会与阳光呼应，运气总是不会太差。希望做一个快乐不孤单的写作者。第十七届全国新概念作文大赛二等奖获得者。

曲玮玮

生于1995年，天蝎座。第十四届、第十五届全国新概念作文大赛一等奖得主。复旦大学旅游管理专业在读。想写好看的故事，做有趣的人。世之奇伟、瑰怪、非常之观，常在于险远。我愿穷极所有，为在这繁华寥落的世界多看几眼。第十七届全国新概念作文大赛获奖者。

陈培芬

女，广东人，1997年生，现读高一。第十六届全国新概念作文大赛二等奖获得者。无须过多介绍，有一天你会在文字里发现那种珍贵的默契。第十七届全国新概念作文大赛二等奖获得者。

胡馨媚

笔名胡鸡肋，一个没有故乡的人，曾获第十六届全国新概念作文大赛二等奖。第十七届全国新概念作文大赛二等奖获得者。

万霁萱

作为狮子座中最软弱的人，胆小如鼠但却一直向往轰烈永恒，外表强悍但内心

敏感和软弱。一直憋在心口的是想要大声告诉你，希望你能懂我，不要待我像一个童话。喜欢细腻的表情和情绪，因为总认为在最细微的角落才能看到人的软肋，所以才热衷从逼近边缘的角度来记录和表达，用一个人的力量为爱护航。这座城市的每一个角落，每一处碎片都有你的印记。好的坏的，不善良的与幸福的，请要倾心接受，接下来任性梦游，闭上眼睛，我带你一起走。第十七届全国新概念作文大赛一等奖获得者。

段立文

1996年生于济南溽热的夏天。是一个非常随和的多事者，非文艺青年。具有双子座的一切特征，喜欢旅行、摄影、读书、冒险，写不像小说的文字。第十七届全国新概念作文大赛获奖者。

贾彬彬

1994年生，上海戏剧学院戏文专业。美妙的言语再丰盛，也不敢为写作多说一字；失眠的夜晚再多，总会有崭新的下一个。第十七届全国新概念作文大赛二等奖获得者。

周苏婕

笔名安谙，1993年生于江苏常州。喜欢文学、话剧、电影，尤爱姜文和毕飞宇，以写小说和剧本为主。写作之余，经常旅行和健身。第十七届全国新概念作文大赛二等奖获得者。

你要走的、会走的，还是那条路。

巧合是一种概率非常小的东西，令人捉摸不定。

我知道离开的是我再也回不去的旧时。

Part 1

我用所有报答爱

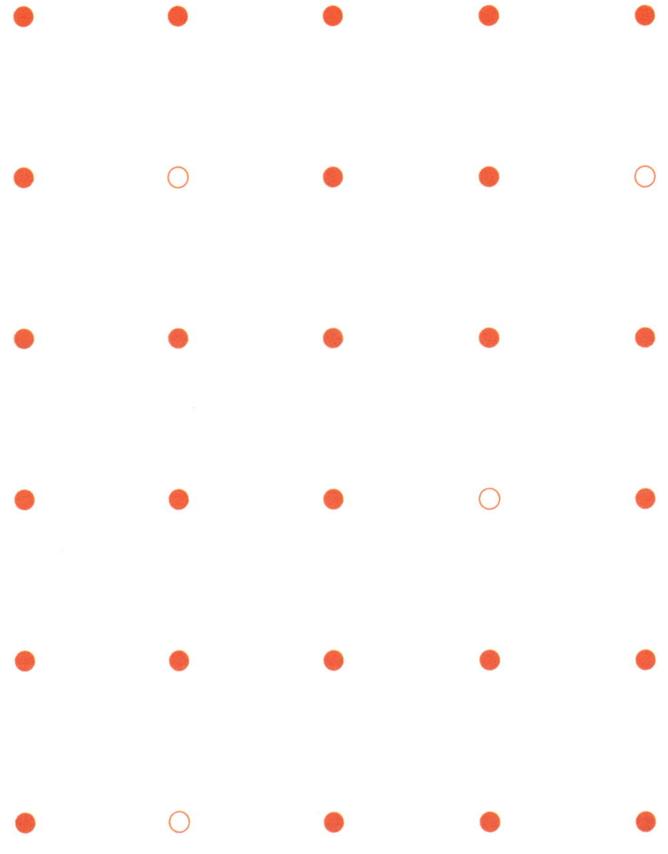

告别式

有个人，等你一生，只为取你一笑。/ 李渊

[1]

紫藤花黛青色的茎蔓从墙外一直延伸到窗户的两侧，暗灰色的砖瓦墙上残留着一点藤蔓爬过之后的青绿色。我静静地望着眼前仅属于我的小世界。南去的飞雁衔一枚草叶，在一尘不染的天空划过一道道长长的曲线。有风吹过，恍惚间，有微妙的波折。

屋内，母亲坐在一张老式的藤摇椅上，双脚有节奏地点着地板一上一下。发出“吱呀呀”的声响。我看着她安然熟睡的样子，竟不自觉地微笑起来。她长长的头发空荡荡地在头枕处飞扬，年华老去的斑斑痕迹，岁月的印记外露于被白雪染过的发丝上。

墙上贴着的是排列整齐的照片，灰蒙蒙的，仿佛一切都停留在了被时光掩埋的昨天，那样不可一世，刻骨铭心。

昨天接到母亲的电话，电话那端是“轰隆隆”的声响，她说：“笙学，你能不能抽空到台南来一趟？”她的语气是那样地小心，像是一盘散落在泥土上的细沙，被风一吹，就没了踪迹。

我抬头看了一眼时钟，晚上9点多，如果没有什么急事母亲不会这么晚打电话过来。

我朝着电话吼：“妈，现在这个时候，应该没有车。我明天一早就回家。”

电话那头是长久的沉默，后来大概是母亲没有在听电话，我就随手摁掉了结束键。

第二天，我在收拾行李的时候，随手将前几天华英给母亲买的那件花格裙塞了进去，又从朱红木箱的底层拿出了一张被撕碎的相片。照片是16岁那年冬季在台南老家的土墩子上和母亲的合影，因为某些原因，在17岁的春季被我亲手撕毁。

买好车票，我坐在候车厅里，点燃一支烟，然后在放到嘴边时用手指掐灭，随手将一包香烟扔进座位旁的收集箱。母亲是呼吸病症患者，对烟草的味道，敬而远之。

当我抵达台南的时候，母亲正穿着一件绿色长袖衫坐在木椅上，秋凉的风带着浓重的酸意，从鼻翼两边一直蹿到眼底。我看着她搜寻的目光，走过去，用手搭在她的手背上。她的皮肤很松弛，僵硬的死皮皱在一起，干枯的手骨仿佛在我手中一捏就碎。所以，我是那般小心。

我问她："妈，你怎么一个人来了？"

她笑，沧桑的笑容如一簇即将枯竭的绒花，"你回来，我得亲自接你。"她向我身后张望，然后问我，"华英怎么没和你一起回来？"

我把她从座椅上扶起来，说："华英前天去香港开会了，过些天才会回来。"

她只是笑着，然后默不作声。

[2]

从车站到家有10公里的路程，打车抵达龙崎的时候，正午的阳光从门口的那棵香樟树上流泻下来，洒满一身。

屋子收拾得很干净，很古朴的家具从祖父那辈一直沿用至今。席容——也就是我那过世了的父亲，曾经说过，他死了，也不能将这一屋的东西都卖掉，这里藏满了很多被时光掩埋的记忆。或深或浅，或明或暗，渐行渐远。

很多时候，我都在思考：如果有一天，我们将那些属于回忆的东西都救赎给时间，那我们死后，最后是会皈依尘土还是化为虚无？

晚些时候，夕阳沉沦于最后的霞辉中，浓浓的像一团仅属于时光的雾，然后退散。龙崎的风总是将远处甘蔗田的香味延伸过来，像一首小野丽莎的民谣歌曲，悠然的，疏松惬意。

家里的灯没有城市那么有科技含量，还是那种拉绳式的50W灯泡。我坐在书桌下翻阅早年拍的相片，一张张都被母亲保存得没有损伤。

母亲端着热牛奶坐在我床上，轻语："你们写字的，都经常熬夜。"

我接过牛奶，温热的气息将手边的空气暖热。我说："妈，你先休息吧，我还有一点，明天要交稿。"

她一声不响地走出房间，连关上那扇老旧的门都是轻悄悄的。

我重新将那本相册摊放在书桌上，然后将夹在书页里的那张照片拿出来，用快要干掉的胶水重新粘好，最后，将其放置于相册的首页。

我拿着从台北带来的那条花格裙推开门，母亲坐在电视机前，老花眼镜一直垂到鼻梁，眼睛微眯着。我将沙发上的毛毯盖在她身上，切切的秋意，不免会着凉生病。

不知是声响惊动了她，还是她常年以来的敏感习惯，她睁开眼，有种模糊不清的视觉效应。

我说："妈，华英给你买了一条裙子，你明天穿上，给我看一下好不好看。后天，我就要回台北了。"

她低下头，很轻地点了一下。

[3]

隔日清早，我很早便起床，坐在窗边看龙崎的日出。不知为何，很多年后的今天，我依旧会时常怀念起那种带着墨汁沉韵的破晓时分。

寂静的院子里盛开着不知名的小花，湿润如带水渍的水晶。院门旁不知道从什么时候有了一个邮箱，绿漆的皮身，笔直地矗立在平静的地面上。

这是我从未见过的。从小到大，母亲，甚至是父亲从没有写过一封信。

我打开邮箱门，一张被雨水浸湿的信封滑落出来。

我打开来看，却是一张来自医院的病情通知书——

乔女士：

经过我院的检测，您患有：肺癌晚期……

× ×医院

我想，那个时候自己没有流泪的原因大概是因为悲伤太过沉重而来不及泪水的喧嚣。它仿佛是一个有生命的物体，不断地吸收我所有的力气。直到我双腿无力地跪在泥地上时，一直都存在的信仰就那样轰然倒塌。

坐在同一张桌子上吃饭，拿筷子的手忍不住地颤抖。我看向窗外，祈求泪水不要从眼眶流出。但最后，我还是趴在母亲的肩头，守着一桌子她亲手做的饭菜，哭了整整一个下午。

我没告诉她原因，我想，即使哭过也要笑着离开。因为年华而衰老的母亲，因为时光无情而渐渐被皱纹碾过的容颜，因为岁月的沉重而压弯的弓背，因为思念而多出的白发，我都只能用最后的欢笑来将这痛苦抹杀。至少，我要让她笑着离开。

我把她扶到镜子前，从梳妆台上拿起木质的梳子，这把梳子有些年头了，小的时候，母亲为我梳过头发，现在，我用它将母亲的发丝抚平。

如有来生，我愿一生为木，只为做出精美的木梳，为自己所亲之人，流泻一头白发。

我看着镜中的她，笑着说："妈，你看你多美！"

她抿嘴轻笑："傻孩子，我都这么大年纪了，有什么美不美的。"

其实，我知道，母亲一直都想要一个像样的化妆品，可以将自己打扮得很漂亮。因为，她曾经是那么美丽的一个女人，美得让镇里所有的女人都羡慕。仿佛一片飘在龙崎上空的云，淡淡的，轻拂着夏天的风。

我卷起朱红色的口红，很认真地为她涂上。她也很仔细地看着镜中的自己，时不时抿嘴轻笑一下。

[4]

回到台南的两个星期。我穿着黑色的西装，左边站着华英，右边站着小克鲁乐，在我们身边的是从马来西亚飞过来的大哥和妹妹。然而，我们面对的是一个竖置在火炉面前的棺木，里面躺着我的母亲。

她安详地睡着，头发周围开满了金黄色的向日葵，穿着那条花格裙子，红黄相间的毛毯盖在她身上，胸前放着一本老式的相册。相册的首页是16岁那年的冬季，我和她在土墩子上的合影。

我安静地看着棺木被送进火炉，然后眼角的一滴泪，不自觉地滑落下来，湿润衣襟。

除去童年，我真正陪着母亲的仅有这两个星期。歉意与快乐交织的两个星期。我突然就那么地怀念童年。靠在母亲温热的大腿上，她为我掏着耳朵，痒痒的，阳光却是暖暖的。

最后一天离开龙崎，离开母亲，天空依旧是那么一尘不染，像记忆中的旧夏天，有被阳光暖暖地晒过的衣服的味道。

我想，时光之于我，已再也回不到从前。那些烂漫却被深深怀念的时代，只能来世再重来。在我的记忆中，所谓母子，便是待你安之若素，闲若自由时，偶尔想起那牵挂你的老人，却以一句“没时间”一笔而过，仅存于爱与痛边缘的思念。当他们追寻你来之时，他们却只能望着你渐行渐远的背影，在时间中慢慢老去。

降临

/臧心韵

我想说的是，我所在的城市河网密布。同时，我所居住的地方也拥有一点点神奇的色彩。它的怀抱里揽着十一座风格迥异的教堂。如果你有幸登上了其中一座教堂的钟塔，那么你就会发现我们的城市同时也伤口密布，河流覆盖在伤口上悄悄地治愈着它们。

褐好舅妈大概就是被这样高大神圣的教堂绊住了脚步，她迫切地想要留在这个能够让她清早便扛着相机去教堂周围取景的地方，因此她嫁给我的舅舅。寇薇是他们的孩子，在某些方面，寇薇更像她的妈妈，这个女孩和她的妈妈都天生抱有对宗教神秘气氛和肃穆感的执迷。

舅妈后来死于城市中纵横的河流，她在一次与舅舅寻常的吵架后走上了一座教堂的钟楼，这时的教堂比以往略微少了一些庄严。我一直在想俯视下方的褐好舅妈是否有一点点的动摇，因为站在高处的人们就像是天使，他们默默地看着脚下忙碌的人们，送给他们祝福，并随时准备好降落人间。但她还是让瘦弱的影子支持自己毅然站立着，直到发现了河流的一个交点，它们在陌路之后无比欢悦地奔往同一个方向。她走到了那个点，落入水中的动作极像电影中的慢镜头。这些都是表姐寇薇告诉我的，我不知道她为什么要把这件事对那时还不满十岁的我讲述。

我在听完这个故事后飞一样地奔跑回家，对正在做饭的妈妈语无伦次地复述着寇薇说过的话。我敢保证同样的内容被我重复了一遍又一遍，它们绝对要比每秒24

帧的动画片更加冗长。妈妈带着少量的油烟味对我微笑，她说：“褐好舅妈不适合我们的生活，她是离神很近的女人。”

可惜我的舅舅不是神，他只是个计程车司机。在失去舅妈后他将自己那辆被漆成绿色的车子歪歪扭扭地开进了另一座城市。

在舅舅和寇薇离开期间有一件事情值得一提：我们一家搬出了原来的房子。我是在教堂附近长大的孩子，它们的庄严与压迫感始终笼罩着我，必须承认，教堂能够使所有人感到安宁。

我们搬到了我中学的对面，那里嘈杂，看不见一座教堂。夜晚的时候我总能听见“吱吱”叫着的生物匆忙穿梭于我的房间，窗外偶尔还会有男人拿啤酒瓶追打女朋友的声音。我知道这里的一切都未受到过教堂的洗礼，因此它们失去了优雅。

十一月的时候，寇薇回来了。也是在十一月，晚自习在我们的学校流行起来。天已经完全地黑了下来，我发现寇薇站在校门口等我，她的脖颈从连帽衫的领口处伸出来，修长。重点是她脖子上的项链，在这样寒冷的冬天她仍然高傲地把自己的脖子全部露出来，脖颈是她身体中最美丽的一部分，它的美丽太甚，寇薇用一条银色的项链锁住了它。项链的坠子是一个有趣的图案，可我没法形容它，它太抽象，有点类似于波洛克杂乱无章的绘画作品。

我知道了舅舅和寇薇将要在我家住上一段时间。舅舅站在学校对面的那条街上，当我走过去的时候他拥抱了我。

“伍月，好孩子，你已经长得这么高了。”他说。

“寇薇你看，妹妹是不是快要和我一样高了？”他又拉着寇薇的胳膊说。我看见有细微的厌恶从寇薇的眼里升腾起来。

舅舅自顾自地喋喋不休：“寇薇非要像她妈妈那样每天想着这些教堂，所以我们才又回到这里，像你们这样的小女孩子脑袋里是不是只盛着这些东西？还有，伍月，从今天起我们就要住在一起了……”

我们甩开了舅舅。寇薇走在我前面，影子很干脆而不是在地面上摇摇曳曳，她单薄的身子像一柄锋利的刀子划开我的皮肤，于是我身体里流动的充满压抑、烦恼与纠结的血液汹涌地向她流淌过去。

我把有关苏沐阿姨的事情告诉了她。苏沐是爸爸的同事，她隔一段时间就会来我家吃饭。周末的时候她的汽车会准时停在楼下，载着妹妹和我出去玩。后来她也会顺便捎上爸爸，不对，应该说是爸爸载着我们，苏沐阿姨坐在副驾驶位上，爸爸每次都要提醒她系安全带。阿姨用她那能够定时的相机为我们四人拍照，站在照片里的我们都傻傻的，而且每次的照片看起来都像是张全家福，就好像是苏沐阿姨、爸爸、我和妹妹组成了一个家庭。

在我们摆好造型拍照的时候，一个卖花的小姑娘走过来，重复着千篇一律的话："先生，您太太长得真漂亮，买一支玫瑰送给她吧，一朵玫瑰代表'你是我的唯一'。"她说的是苏沐阿姨。令我惊讶的是，爸爸真的买了玫瑰，并且不是一朵，他买下了小姑娘手中所有的花，他从中抽出一支，交给我："这是给你妈妈的。"剩余的花都送给了苏沐阿姨。

我想起了爸爸的太太，她现在一定在厨房里忙碌着，等待着苏沐阿姨和我们一起回家，气喘吁吁地坐在桌前吃她做的饭菜。如果我没记错的话，爸爸送的那朵玫瑰花后来被妈妈插进盛有少许水的花瓶里，妈妈剪去花茎上的刺，使它显得更有精神。花朵枯萎之后妈妈就把花瓣夹进了书里。

妈妈是聪明的女人，她一定比我更早就发现了一些事情。但她同样是个智慧的女人，她知道怎样处理事情，那些不足以构成战争的事可以无须理会，她永远不会像我那样幼稚又尖锐地面对问题。

但无论如何，我开始讨厌苏沐阿姨了，她手中拿着的玫瑰花总是凭空浮现在我面前的空气中。不管发生什么，我永远和妈妈站在同一个队伍中，当下一个周末到来时，跟在爸爸身后下楼走向苏沐阿姨的只有没心没肺地欢呼着的妹妹，她什么都不懂。苏沐阿姨在楼下大声地对我喊："伍月，你怎么不下楼啊，我们不是说好了要一起去玩吗？"

"我不去玩了。"我在窗户上看着他们说，我的声音里带着黏稠。我太想出去玩了，但我把两只手都放在窗下，我狠狠地掐着自己。眼泪像澎湃的雨水，我恳求它们赶快终止。

“不要管她，她就是喜欢发小脾气。”我听见爸爸的声音。

穿着围裙的妈妈从厨房里走出来：“好了好了，不要耍小性子了，快和阿姨他们一起去玩。”她也这样说。这个世界上几乎没有人能够知道我的心里在想什么。

寇薇是很好的倾听者，她听我讲完了整件事，并没有评价什么，当然我需要的并不是别人的评价。两天后的晚上，寇薇就见到了苏沐阿姨。

苏沐阿姨帮我把碗筷放在面前，我没有向她道谢。我以为先批评我的人会是爸爸，但没想到舅舅抢在爸爸前面呵斥了我，他的眼睛里有苏沐阿姨的影子，如果说其他人在他的世界里都是黑白电影中的一部分，那么苏沐阿姨就是唯一绚丽的色彩。你应该能够想到一个随时破口大骂的计程车司机突然勒令自己在整个晚饭期间都装作文质彬彬地同一个女人谈话，有多么突兀。

我不知道这样的舅舅能否征服苏沐阿姨，我祝福他。

表姐今年15岁，她15岁的生活像所有人那样辛苦忙乱。我喜欢在晚上到她的房间里去，她的桌子上永远有许多关于教堂的影集，其中一本薄薄的，苍白的封面，圆形的画面，墙壁向上弯折，寇薇说这是一个颓废的摄影师送她的，他在自费出版了这本影集后就开始沉迷于酒精。我知道寇薇的愿望一定不会只在这些平面普通的照片上，她的梦想是米兰大教堂，“束缚与自由”——她多次这样形容它。

窗户像一面镜子照出了我和寇薇的样子，模模糊糊，是我喜欢的样子，因为大体看过去，我和寇薇都很美丽。

我还注意到寇薇表姐的柜子从左数第二格里藏着一叠有关凤凰城的照片，那次是褐妤舅妈和她一起的最后一次旅行。褐妤舅妈是水一样的女人，凤凰城永远也驱不散的潮湿、早晚荡漾着的江水，还有树立在石板路旁的店铺，这些一定都是最能够打动她的东西。我甚至能够想象那时的寇薇有多么地幸运，她用双手举着她母亲最珍贵的相机，然后不需使用适当的光圈，也不需再调整焦距，就这样用一根手指按下快门，让面前整个世界都软绵绵地又隐隐约约地出现在底片上。

寇薇像她拍摄过的照片一样拥有莫名其妙的魅力。我接近她们后心里渴望的便只有一次漫长的旅行。然而现实中寇薇并没有朋友，她在关键时刻的处事总是太坚决，比如她在教室里把男生们给她写的情书撕得粉碎，她总喜欢把这些小事看得太郑重。这并不能怪她，在褐好舅妈从人间跳到河里去的同时她这样的性格就被自然而然地确定下来，她只能这样。

“伍月，你有喜欢的男生吗？”有一次寇薇突然转过身来问我。

在那个年纪，我很容易毫不自觉地把秘密告诉别人，但不知道为什么，那次我没有。寇薇长长的睫毛静止在风里，“放心，伍月。”她说。我不知道她究竟让我不要担心什么，但我还是莫名其妙地安下心来了。

我第一次注意到小龠是在十二岁，又或者是十三岁？总之在那段连年龄界限都极其模糊的时间里，小龠的出现反而成了一个里程碑。

搬家之后我平静地度过了许多个月，每一个老师都在用同样的语调讲课。我偶尔走神，把头偏向窗户的方向。幸运的话我会看见在阳台上晒衣服的妈妈，她穿着醒目的衣服，站在泛着霉的阳台上。我知道如果我们没有搬家，现在她应该待在明亮的落地窗前而不是站在这样小小的爬满暗绿色霉菌的地方。都是因为我要到这里上学，一家人才不得不离开原来的住处，缩手缩脚地住在这里，但我却仍然无法喜欢上我的校园生活，包括我精明而又无知的同学们。

小龠在他们中绝对是不一样的，我对此深信不疑，最重要的一条理由是，小龠总能在任何必要的时候露出静谧而不沾浮躁的微笑，包括同我讲话时。在他嘴角上扬的同一时刻，我总会把自己想象成头发枯黄的Cosette，小时候我一直把《悲惨世界》当作童话来看，尤其是当珂赛特得到冉·阿让送的洋娃娃时，我突然高兴起来——冉·阿让终于千里迢迢地赶来，为了拯救陷入不幸中的珂赛特。

世上总会有一些人能够毫不生硬地用假装出的温柔来征服别人，像小龠。他的身边永远不缺少各种女孩，她们统统一厢情愿地伸出热情的双臂想要拥抱小龠，我不确定自己是否也能够放低姿态加入她们，我仍然像珂赛特怀抱洋娃娃那样铭记着小龠的微笑，我多渴望被人喜爱。

五月是我们城市的雨季，周末的时候苏沐阿姨渐渐不再开车带妹妹出去。舅舅开始进厨房帮妈妈洗菜和整理晚饭的食材。不久以后他开始将厨艺精湛的苏沐阿姨定时带到我家做她拿手的麻婆豆腐。这时正好有一个叫镍戈的男孩取代了她的位置，他骑着自己的摩托车在楼下等待寇薇，他的摩托不够狂野，阳光下他的脸也并非那么帅气，但是这些都不重要，留在我记忆里的总是他与寇薇一同离开这条街道时追在他们身后飞扬着的尘土和风。几乎每个下午，镍戈吹着口哨站在楼下时，姐姐都在用戴着手表的那只手拼命写字，她的字写得很好看，密密麻麻地爬满了厚厚的练习题册。只有消灭掉整整一章的数学题她才会向窗外看一眼，她的目光凝滞在厚厚的镜片中，这大概就是她每次出门前都要摘下眼镜的原因。然后她迅速地穿好衣服、背上包，摇摇晃晃地走出门去。脖子上的银项链在她走出大门的一瞬间折射出不可思议的极亮的光。

我总是想象寇薇和镍戈会在一个有很多人的公园中来回走动，或者在某一座教堂前停下来，寇薇并不是因为信仰才爱上教堂，她喜欢的只是神圣，大概就类似于教堂在雨幕中给她和镍戈带来的模模糊糊的冲击。可能会有雨点降落到他们的雨伞上，看一对朋友一同在雨里冒冒失失地前行，他们苍白的生活太需要一点色彩来装饰了——我更愿意相信镍戈是寇薇的朋友，镍戈看寇薇的眼神不是喜欢，他的眼睛里并没有炽热的火花。

真正充满喜爱的目光我只在舅舅那里看到过，不过我想一定有人在我的眼睛里也发现了这些。小嶔一定知道我是喜欢他的，有时候我甚至希望自己和他之间能够多一点特殊的羁绊，哪怕是我们谁面对了对方的一点懦弱，或者是谁制造了恶意的曲解。小嶔的微笑是一种诱饵，现在我不需要它了，可我就像是游荡在水里饥饿的生物，明明知道自己的幼稚，但见到诱饵还是要义无反顾地吞下去。十二三岁的人怎么会真正懂得爱情呢，我只是饥饿罢了。

很快，出现在我视线里的寇薇没有从前那样潇洒了，她就要考高中了。考场如战场，我觉得寇薇不适合战场，她应该一直生活在坐着镍戈的车笑着经过教堂的下午。但是寇薇还是很坚定地上了战场，有点像危急时刻的从军，但我们都知道，最后的胜利和光荣不会出现。四点左右，寇薇给舅舅打来了电话，舅舅不小心按了扬声器，我听见寇薇在哭，女战士或许光荣负伤了。

寇薇打来电话的同时，舅舅正准备带苏沐阿姨出门吃晚餐。夏天，四点多钟的城市还保持着充沛的活力，阳光凝固成絮状，粘在苏沐阿姨的高跟鞋上。舅舅很快挂了电话。

寇薇在高中生活的第二年，每周我都会坐很长时间的公共汽车替舅舅给她送饭费和一袋子零食，道路干净宽阔，我在逐渐的荒芜中接近寇薇，远离城市。寇薇远远地向我走来，她孤零零地走下楼梯。"袋子里有麦片，舅舅说你一定不要忘记每天冲一些来喝。"我告诉她。我不确定寇薇是不是为了我的话而露出了一点笑容。她转身离开的时候有点跌跌撞撞，可惜这个时候没有人去扶她一把，她看起来很虚弱，我真担心她会在这里压抑自己，让自己生起病来。所以我没把有关镍戈的事告诉她。

镍戈的摩托在中考过后彻底从我家的楼下消失了。他也没再给寇薇打过电话。听舅舅说他进了最好的高中。舅舅不知最近从哪里听来了镍戈的消息，镍戈的爸爸是一所中学的校长，他费尽力气才让镍戈站进了制度仅剩的一小块阴影中。这后来成为舅舅喜欢对别人讲述的一个话题，事情蔓延到最后就像枯萎的藤蔓一样无声地被更加新鲜的议论覆盖。

寇薇的事情对舅舅来说只是一个小插曲，他现在正在集中精力恋爱——和苏沐阿姨。从前他的理想生活只是每天和坐计程车的乘客大声说话或吵架，在找零时偷偷地少给他们几元钱。但现在不同了，他喜欢上了苏沐阿姨，所以他需要更多物质的东西使自己在苏沐阿姨心目中的形象更加高大，他需要自己的房子、更好的车子以及足够随时给苏沐阿姨买名牌包的钱，准确地说，他需要爸妈送他这些。

我家自此开始卷入一场又一场战争，在全家人看来只有我和妹妹躲在台风的风眼里，安静地持续着自己日常的生活。可每一个他们争吵的晚上我不得不拉住想要出去看热闹的妹妹，盘子和相框被爸爸或者舅舅摔在地上，就在离我一道门之隔的地方破碎。我的爸爸就是在这个时候开始衰老起来。

我相信很少有人能够在日复一日堆叠起来的烦心事中仍然淡定自如地生活，同时我也相信即使让爸爸回到几年前的和苏沐阿姨一起去过的公园，他也不再会买花送给别人，可能那些玫瑰花代表的并不是喜爱，而是张扬——爸爸还算年轻时给这个世界留下的炫耀。现在他突然地老去，并且始终处于崩溃的边缘。最后一次他砸碎了碗柜里的所有餐盘，还有妈妈去景德镇买的几只漂亮的瓷碗。“但这都是舅舅的错。”我告诉自己。

妈妈走进屋来拉着妹妹的手离开了。“伍月，在家里好好学习。”她出门的时候对屋子里的我说，然后爸爸也开门出去了。寇薇还没回来，家里只剩下我和舅舅，最后我们决心叫外卖。

“要汉堡还是鸡块？”舅舅问我。

我看见他拿出了自己的钱包，于是我说：“汉堡和鸡块。”

吃汉堡不需要盘子或碗——我们家也没有剩下一件可以盛食物的容器。我和舅舅面对面坐着吃东西，有一瞬间我真想像爸爸妈妈那样也摔门而去，把舅舅一个人留在冰冷的房子里，让他自己瞧瞧他把我们家弄成了什么样子。可是他一直在专注地低头咀嚼，其间没有看我一眼，我竟然有一点点同情他。

过了一会儿，他对我说：“我和你苏沐阿姨就要结婚了。”

按照电影的剧情发展，在舅舅说这句话时，寇薇应该恰好出现在门口。我下意识地向门口方向看去。幸运的是，没有寇薇的影子。寇薇究竟知不知道这件事？我没有问，舅舅既然自己做出了选择，他一定会有解决的方法。

我端着鸡块回屋去了，舅舅还在吃他手里那个小小的汉堡，生菜经过他牙齿的时候发出很脆的声音，有点寂寞。我开始写信，给小龠。他肯定一辈子都不会发现这些信，反正我不在乎这些。有时连我自己都犹豫了，自己喜欢的究竟是小龠，还是一个能够在嘈杂的世界中将我救赎的天使。

寇薇是那天半夜回来的，我第二天清晨才见到她，还有爸爸和妈妈，他们带妹妹去看了通宵电影，这就是他们和褐好舅妈的不同，我想起妈妈从前说的话，褐好舅妈离神很近，所以她受不了一点与凡人争吵带来的侮辱，我还是喜欢生活在人间的爸爸妈妈。回来时他们还顺便买了很多套餐具，浅粉色小花的碗，没有从前的好看。从那天以后一种不深不浅的笑容就开始持久地挂在爸爸脸上："寇薇，这个周末让苏沐来吃饭吧，不要让她下厨了，尝尝我的手艺吧。"一种崭新的心平气和与妥协充斥了我的家。寇薇低头用新买来的勺子喝粥，她脸上的表情被冒着热气的早餐掩盖。

苏沐阿姨和舅舅已经开始计划他们两个人的婚礼了，去巴黎度蜜月是婚礼的一部分，我想苏沐阿姨是韩剧看多了，她憧憬着自己像电视剧里的女主角一样在婚礼结束后被塞进开往机场的加长轿车。周末吃晚饭的时候她故意大声说自己想要去看看巴黎圣母院。"我最最喜欢这样哥特式的建筑。"她说。寇薇几乎要把筷子扔在桌上起身走开，餐桌前又突兀地回到了过去那一种尴尬的沉默，舅舅没有说话，爸爸和妈妈也没有，家里一片寂静。这时候妹妹已经成长为一个人小鬼大情商极高的孩子，她讲了好多个一点儿也不好笑的笑话来调节气氛，笑的只有苏沐阿姨，她始终这么轻松，包括她轻松地把一个如此奢侈的旅行放进计划中。

舅舅和苏沐阿姨还是没能够摸到巴黎圣母院冰冷的墙壁，在他们的婚礼举行之前发生了一件事：寇薇要出国。她这个决定做得太突然了。"薇薇，你要去哪个国家？"妈妈问。我以为她会去意大利，这样她就可能见到"自由而束缚"的米兰大教堂了。

"去新加坡。"她说。

我愣了一下。也对，舅舅的存款根本不够把寇薇送到意大利去，况且他和苏沐阿姨的婚礼也需要花钱，他从爸爸妈妈那里"借"来的钱也所剩无几了。

之后的两个月我一有空闲的时间就会帮寇薇收拾行李，无论如何，我只是想同寇薇多待一会儿。寇薇的行李箱很小，它就像一枚小小的心脏一样，简洁干练地为即将出行的寇薇输送恰好够用的活力。

我看见寇薇拿着那个颓废摄影师送她的摄影集，我原以为它现在正躺在寇薇的行李箱底部，没想到寇薇连它也要丢下了。我忽然明白了寇薇将要度过的是一段怎样的生活，她将像她的那只旅行箱一样，单薄地去吸收自己该得到的养分，然后摒弃一切多余。

我和寇薇是在飞机场道别的，寇薇走的时候仍然戴着那条抽象的项链。她拖着箱子对我笑笑，走进了安检口。我觉得寇薇的笑容第一适合教堂，第二适合的就是机场。快要掠过地面飞起的她就像是被调进鸡尾酒里的一点暖色。

这时候一个男孩突然向我们跑过来，我很慢才反应过来原来他就是镍戈。镍戈瘦了，很瘦很瘦，有风从他宽大的衣服里透过去。

“再见，寇薇。”他说。

我一直以为那天我在机场看到的是一场伟大的爱情——表姐终于等到了花朵的盛开，她和镍戈在机场中央拥抱，他们俩像一道堤坝，川流不息的人们从他们身边经过。我想，从现在起，一个缺乏生动的寇薇和一个缺乏生动的镍戈就要被印进彼此的心里了。

寇薇还是走了，但她终于还是对我们的城市留下了一点怀念。

我真希望故事能以寇薇与我们的离别作为结局，但是我的成长还在继续，只要它一天不结束，我的故事就不会接近尾声。

我也考上了高中，不算好，但差得还可以忍受，每个人都要经历的事情，放在我的身上，我不觉得会与别人有什么不同。

我开始看《霍乱时期的爱情》，这本书是寇薇留给我的。我睡觉前看一点，偶尔写作业的时候也藏在辅导书下偷偷地看。但是剩下的文字还是那么多，我甚至怀疑有关爱的故事在我看不见的角落自由生长，让我永远与结局保持一点距离。

无论如何，在我看完这本书之前，我幼稚的爱情便迎来了霍乱。

我又与小龤上了同一所学校，这有一点点神奇。或许在上高中之前我拥有许多同样以得到小龤为目的的敌人，但在这场持久战中她们都被我用时间耗尽了精力。

冬天里发生的一件事完全带走了我的斗志，小龤恋爱了，和另一个女孩。我原本以为他不会像别的男孩那样恋爱，是因为他的高傲，但现在看来，从前他只是没有找到理应从自己的生命中经过的天使。

他开始卑微地跟在那个女孩身后，绕过半个城市送女孩回家。我一直跟随着他们的脚步，直到小嶠和女孩在接近市郊的地方停下。有时爱就像人与宗教的关系，总有一个人虔诚地信仰着对方。等他们分开的时候我才发现他们原来一直拉着手。

在回去的路上我滑倒了，冬天很美，它唯一的缺点就是下雪后会结冰，冰会让我这样冒冒失失的人跌倒。很多陌生人七手八脚地把我扶起来："孩子，天这么冷，快点回家吧。"他们对我说。我决定把我人生中第一份对别人的喜欢埋葬在这里。然后我站起来摇摇晃晃地走了，真幸运，我在这么寒冷的天里摔倒，但我全身上下却没有任何一块骨头被折断或是错位。生物老师说过，只有孩子和老人的骨头才在冬天变得十分脆弱。我已经不再是孩子了。

回到家的时候已经很晚了，妈妈不在家，开学的时候妈妈在我们城市的一所大学中开了一家咖啡店。大学生们的脸上都是平静或者张扬，热恋中的情侣喝着美式咖啡在角落里卿卿我我。他们不再会因为一点小小的疼痛就让自己变得疲惫不堪。我在想，如果寇薇再忍耐一段时间，这样的幸福就能属于她了。

舅舅和苏沐阿姨也没有在家，他们用蜜月旅行的钱去了爱尔兰举行婚礼。爱尔兰是不允许离婚的国家。祝他们好运。

至于镍戈，那天在机场送走姐姐后他向我要了我的邮箱。

在镍戈高三的那一年，他被开除了，这是舅舅告诉我的。原因是同性恋，还有逃课去看心理医生。寇薇大概早就知道这个秘密。

镍戈待在家里，不肯出来，也不肯和人说话。但是过了很长一段时间，他还是给我发来了邮件，他问我，寇薇在那个赤道附近的国家究竟生活得如何。我突然很替寇薇高兴，因为她得到了朋友之间的问候。从前我一直认为爱情才是能够点缀我们的唯一饰品，但实际上在寇薇这样的年龄，镍戈给她的友情远比那些大同小异的爱情珍贵得多。

发来邮件的时候镍戈一定犹豫了很久，因为当我读完他的话语，距离寇薇回国只有不到一个月时间。她在电话里轻描淡写地对我说："这里太热了，而且这里的教堂也太刻意了，我想我还是回到我们的城市比较好。"我听见寇薇呼吸的声音和平常不太一样。"嗯，到时我去接你。"我说。

我在机场见到寇薇时，发现她变了，不知道应该说是变得漂亮还是变得成熟了。她晒黑了一些，皮肤变成了棕色；头发长长的，竖直垂下来，发梢栖息在她的胸口。阳光融化在她的脸上。

那一天寇薇没有戴她的银色项链，我猜在那个日光灼热的地方，她一定每天戴着那条项链行走，但现在，她把它丢掉了吗？

只有寇薇锁骨之间的那块皮肤记得抽象古怪的项链的存在，也只有那块皮肤在属于一位东方姑娘的一片棕色中仍然是雪白的。

我看了一眼寇薇，一瞬间，我明白了那块项坠的意味——那是一个天使，他已经张开翅膀，就要降临人间，去救赎所有不知道明天在哪里的人们……

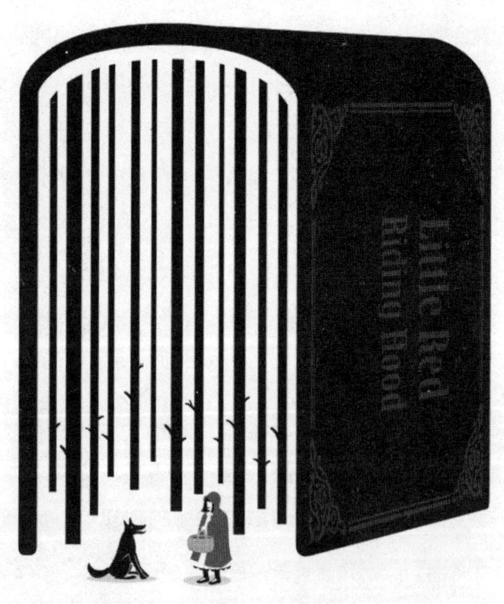

Part 2 在流年里盛开

赎罪

那个老师

那个男孩

南竹未归

一生一瞬间

时空另一端

三段孤独

梳妆

朋友

渡口

重复

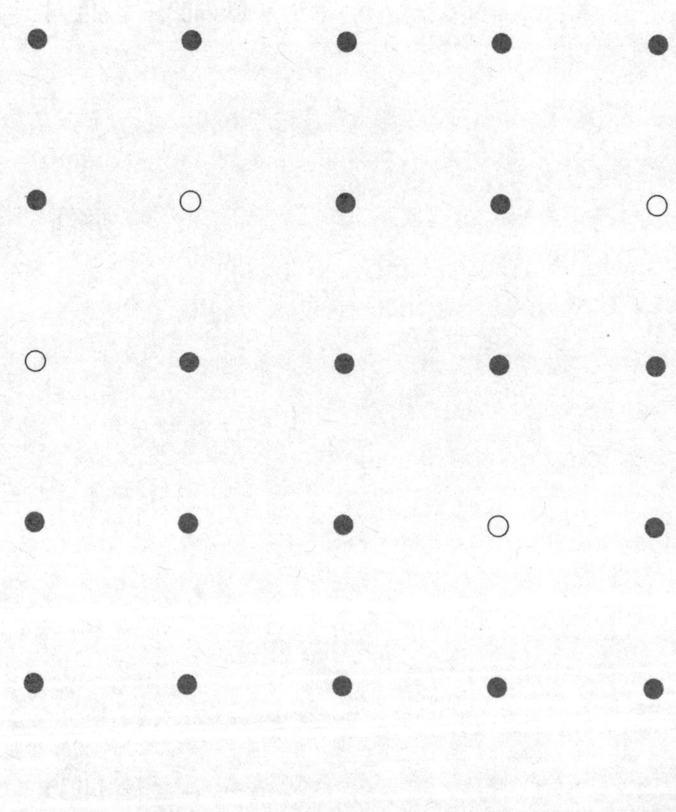

赎罪

/陈缺

山势陡峭，道上的泥土在雨后变得松软油亮，两旁茂盛的杂草覆盖了路面，翠绿铺了一地。康明抖了抖背篓内快要倾倒出来的草药，踢开了脚边的石子，一手拿着木棍撩开路上的草木，仔细查看，边走边呢喃：“还差一味药。”正午的阳光毒辣，仿佛将松针林都烤出了清香，康明像是走在羊毛毯上，脚步变得有些虚浮。眼前终于出现了几株淡红色的植物，康明呼出了一口浊气，屈下身子轻轻地刨出，拍了拍泥土，放入背篓中。从前传说这座山头里住着黑瞎子，很少有人敢独自上山。康明第一次入山时胆怯得发抖，胡乱地拽了几把草药，就飞也似的冲下山，那天晚上母亲的破锣嗓，伴着男人隐忍的咳嗽声响了一夜。如今已经到过这座山头无数次了，康明能顺溜地报出沿路的草木名称，五爪金龙、牛蒡子、鹅掌花和鬼灯笼。暖风熏得人昏昏欲睡，捋平躁动的心，让人的胸腔里响彻着与植物脉搏相同的频率。

各家的炊烟陆续从烟囱中爬升，承载着每家的喜或悲，直至消失在达不到的苍穹。康明放下背篓，朝屋里喊道：“妈，我回来了。”出来的却是听到声音的男人，他看见背篓里的草药，朝康明感激地笑了笑。男人咳了起来，脸又苍白了几分，眼睛里有了痛苦的神色。康明伸手轻缓地顺了顺男人的后背，等到咳嗽声低下来的时候才扶着男人进了屋。室内有些昏暗，弥漫着浓浓的中药味，甚至能听见这个房子内部发出的粗重的喘气声。他坐在那里，翻开书的另一页，康明摸了摸右手被划出的血口，终于感觉到了细微的刺痛。昏暗的灯光下，室内的物品棱角都很模糊，就如同在某一天，他来到康明家门口，一开始就是模糊的。

康明吃饭前在牌位前上了一炷香，看着照片里粗糙的脸，深深地记在心里。遗忘，是另一种背叛，而接受，或许也是困于自己设置的不忠的一种定义。康明的父亲五年前已经去世，男人也在这个家里待了五年。当初县领导即将升迁，康明父亲所在的矿井出了意外，一同下井的八个人都困在了井下。这样重大的事故本要紧急上报，申请救援，可是救援队伍到村里至少要两天，当时落后的救援器械要挖通地势复杂的矿井需要四天，如果中途出现意外，又要耗上一段时间。这样一来，井底下的人等到救援的时候，存活的概率也很小了。那个荒凉的山沟上，扑簌簌的风依旧刮着，似乎无论太阳在哪个方向，总有一群人踩踏在乱石上，原本的泼辣蛮横地消失在抿紧的唇角，她们有着相同的表情，眼睛投向同样的方向。等风终于落了，山沟里的黑影也落了。事情的发展似乎是理所当然却不忘将最后一根稻草扔在那些怀着卑微希望的人身上。听取了别人意见的县长为了不丢掉乌纱帽，给了康明家一份协议，七份协议之中的一份，第八份随着那个坠下山崖的女人，被山谷里的风吹到很远的地方。那一年，康明家的存折上多了一笔钱，那可能是贫穷的山里人一辈子都挣不来的财富，恰逢那一年粮食遭了大水，村子里面充斥着的都是腐烂的味道，那是康明长大以来接受过最多的目光，带刺的羡慕，就像勾进肉里面的铁红色钢钉，拔不去的煎熬。那份协议是康明的母亲签的，放罢笔的那一刻，康明望向矿山那边狭窄的天空，或许，会有一场大雨。那晚，母亲的屋里传来呜咽的声音。康明知道，这个不眠之夜，有那么一群人同样无可奈何却又痛得撕心裂肺，但明天太阳照旧升起的时候，活着的人要在脸上抹上厚重的泥巴，掩去所谓日子落幕的痕迹。

吃饭的时候，母亲絮絮叨叨地说着话，男人在一旁安静地倾听，仿佛所有的话都被他记在了心上。康明正出神，母亲突然道："阿明，听说你们学校来了个新老师。”

因为教育改制，村里的中学合并到了镇上的一中。由村里到一中的距离约莫有3里地，平时都要徒步行走，家庭富裕些的，便骑着辆老旧的自行车，“哐当哐当”声响了一路，将人拖入一个久远的记忆中。当时迁校的通知传下来的时候，康明房间的灯亮了一夜，第二天康明和少数学生留在了这几间破旧的泥瓦屋中。面对男人焦急的询问，康明只淡淡地丢下一句：“我走了，谁去采草药……”康明记得男人当时愧疚和自责的眼神，而康明却在懒洋洋的午风中，闻到了一种如释重负的味道。

男人当初来到村里时也曾在这所中学里当老师，领着不多不少的工资也算补贴家用，当时矿难补偿的钱因为偿还旧债已所剩不多。瘦弱的男人担起了这个家，闲暇时跟着村里强壮的男人一起下田干活儿，因为手脚慢，一干便是一天。康明记得母亲当时看见男人佝偻着背挥舞锄头时抹泪的情景，那一刻惧怕“寡妇门前是非多”的母亲才真正地接受了男人。再到后来，男人的身体渐渐不行了，到学校的次数也越来越少。现在的学校里只剩下年老的李老师任教，有时需要连续上一天的课。而新来的老师是李老师一个月前收留的外地女人，听说了李老师的苦处，主动要帮忙。

铃声响了，教室里仍然乱哄哄的。一个女人走进了课室，她蓄着齐肩的黑发，皮肤是异于乡村妇女的白皙，眼睛不大，却是上挑的丹凤眼。教室里的男生都安静了下来，好奇地打量着这个显得有些格格不入的老师，而有些女生则意味不明地撇了撇嘴。女人扫视了整个教室，窗外的鸟不合时宜地鸣叫了一声，伴着她清亮的声音冲撞着康明的耳膜。康明觉得鼻子有些痒，甜腻的花香久久地在嗅觉范围内停驻，讲台上的老师嘴巴不断地张开闭合，每一下的频率牵动着她太阳穴上跳动的脉搏。今天教室里的窗户显得过分狭小，连景色都拥挤在了一起，康明将视线从窗外转了回来，朝讲台多瞥了两眼，尔后刻意地收回目光，又变回了那个寡言内敛的男孩。

康明盯着课本上木棉花的插图，想起了校门口的那棵木棉树。有几朵木棉花小心翼翼地展开花蕊，面朝阳光，然后再在某个时间沉重地坠落，作最后一次告别。叶要落，何况是这沉重的花，开得再好，有时也是树所不能承受的。每年五月，康明都会在木棉树下用簸箕收集起那些硕大的花，然后将它们轻轻地切开，蕊瓣分离，放在阳光下曝晒。晒成花干后，就成了康明家必备的木棉凉茶。男人最爱喝这种茶，每次拿起那个豁口的碗，他的眼睛都会眯成一条线，一副满足恬淡的样子。今天吃早饭的时候，康明往男人的碗里倒上了热腾腾的凉茶，蒸腾的热气模糊了他的视线，康明喝下第一口有些发涩的凉茶时，听见母亲叹了一句："这花都落了，我也成黄脸婆了。"屋子里面只能听见康明大口喝茶的吞咽声，男人皱起了眉头，想张开口安慰，却最终只憋出一个"不"字。康明的喉咙有些滚烫，眼前的男人却陷入了沉思。过了一会儿，似乎找到了某个解决方法，笑了。

正出神，林老师走到了他的跟前，仍是笑眯眯的模样："康明，你放学的时候留下来。"在周围的一片哄笑声中，康明不好意思地垂下了头。

夕阳在发挥它最后的热度，康明忐忑不安地跟在林老师的身后，不敢发一语。看着眼前的女人不熟练地干着家务，烧水做饭，忙乱得一塌糊涂。康明最后不忍那将要被打碎的第三只碗，立刻上前接手烂摊子，开始自己熟稔的活计。正忙着，康明分明听见林老师在身后一声如释重负的呼气声，他难得地笑了："老师，您留我下来该不会是为了帮你烧水做饭的吧？"林老师慌乱地摆摆手，被柴火熏得发红的脸有些紧张："当然不是，是你上课不专心才留你的。"这句话让康明陷入了沉默，像是想起了什么，再开口就乱了。康明快速地完成了手边的活儿，在林老师小心翼翼地注视下，终于端出了热腾腾的饭菜。来不及回应林老师的挽留，康明简单地道了别就匆匆地赶回家，今天还没有帮男人熬中药，他怕是又咳得厉害了。

回到家，果不其然听到了男人那令人揪心的咳嗽声，屋内却还有另外一个人。

“季林，你这又是何苦呢？”

“别……别再劝我了……快走吧……不要……要……再来了。”男人断断续续的声音响起，一声叹息若有若无地回荡在屋子里。

随着陈旧的木门被打开的声音响起，一个秃顶的中年男人走了出来，康明和中年男人都有些发愣。最后，在康明抱有敌意的目光下，中年男人尴尬地离开了。他是那个本应被罢免现在却反而升了两级的县长，那次矿难事故的主要负责人。

康明走进屋子里，男人在抚摸着一本黑皮笔记本，抬头见是康明，张了张口状似要解释，最后叹了口气作罢。那本封面简洁的笔记本上贴着男人的名字“季林”，他总是保持着这样一个习惯，用一张写有名字的白胶布贴在他所熟悉的物件上，这些康明和母亲不可理解的行为成为了男人的一种执着，正如他那本黑色的笔记本，似乎藏着别人读不懂的故事和沉甸甸的情感。突然，康明的手触碰到一个硬质的冰凉物体，瞄了一眼，脑子还没有反应过来，手就把它快速地揣到了兜里。等到康明感觉到口袋里沉甸甸的坠感的时候，他想起了早晨教室里的花香，钻进了自己的鼻腔，然后轻轻地挠了自己的胸口，几乎不可察觉。

香炉里的香仍在燃烧着，由淡黄转白灰，慢慢地落了，连那些滚烫也变得冰凉。

滑腻的淤泥没上了膝盖，康明慢慢地往前迈步，手上不忘往水里扑腾着，看准时机快速地向水里劈去，一连串动作流畅自然，将一条鱼摸起扔向小土坳上的筐内。

“哎，这些泥巴都要糊到我的衣服上了。”站在坳上的妮子抱怨道。

康明没有理会，继续认真地在水中寻找猎物。倒是一旁的张扬调笑道：“泥巴啊，泥巴，你为什么要黏着妮子不放啊。”接着状似认真倾听的模样，然后阴阳怪气地朝妮子说：“那是泥巴想要知道，爱干净的妮子为什么要跟着来鱼塘啊。”正累得满头大汗的李辉朝张扬眨了眨眼：“人家那是跟着夫婿过来的。”说罢，瞥向了康明的方向。

妮子羞红了脸，大声嚷嚷道："李辉，你这黑鬼，再胡说我就撕烂你的嘴。"

李辉也不甘示弱，露出与皮肤颜色不符的大白牙继续调笑道："嘿，那你倒是说说为什么跟来鱼塘却不下水啊？"

"那是……那是因为我怕水……"妮子嗫嚅道。

显然没有人相信她的这番说辞，大家笑作一团。妮子看向康明，这个瘦弱的男孩却仍旧在继续他的动作，丝毫不关心周围的一切。从前这个让她着迷的认真的模样，现今却残忍得像腊月的冷风，嗖嗖地直刮心底。

康明数了数筐内的鱼，本要提起筐的手顿了顿，似乎想到了什么，又低头继续捞了两尾。太阳快要落山的时候，康明顶着一脸泥来到了泥瓦房前，屋子内不时传出几声低呼声。康明歪了歪头，抿嘴笑了。提着两尾鱼来到厨房，跟预想中一样，女人正在忙活着做饭。康明自然地接过了她手中的活儿，看到一旁女人呆愣的模样，康明又笑了："我今天去了鱼塘，顺便给你带了两尾。你去洗洗吧，等会儿下锅。"语气熟稔自然得不像对一个长辈的对话，林老师终于从惊讶中醒觉，提着两尾鱼又开始忙了起来。

饭做好后，第一口热气还没完全飘散在空气中，康明就赶忙洗了洗手，准备回家。林老师此时也满头大汗，第三滴汗划过她的眼角的时候，衬得她的眼睛更黑更亮了："你又要赶回家了吗？听别人说，你父亲身体不是很好，你是要赶回去照顾他吗？"

康明淡淡地开口："他不是我的父亲……"他否认了男人的身份，却未否认自己赶回家的目的。停在树枝上的乌鸦偏着头打量着这一切，偶尔扑棱几下翅膀，继而陷入诡异的寂静，康明推开了大门，终于到家了。

门口挂着的日历牌一下子就闯进了视线里，明天是父亲的忌日，希望会是个晴天。

雨，一直淅淅沥沥地下着，像是城里女人停不下来的聒噪，噘嘴便倾泻而出。

男人今天很安静，连咳嗽都少了起来。母亲早早起了床，在房里梳好了整齐的头发，戴上了从前父亲送给她的唯一一件礼物，一根盘发的木簪。她虔诚地拿起香烛，点燃，在烟雾中，康明看不清母亲的轮廓和表情，但他知道那一定有悲伤和歉疚。母亲终于还是在灵位前讲起了那次矿难，她在哭泣着祈求原谅，发闷的哭声就像是一声声重锤。康明的心里像是塞上了一团棉花，母亲的话就像浇灌在上面的水，渐渐地吸水沉重。一些腐烂在心里的秘密要被无情地揭开，散发出铜绿的腥臭。不知道是什么时候，康明离开了家，而那把深蓝色的伞被遗落在了角落里，等待着更加猛烈的雨水。

额前湿漉漉的头发一缕缕地贴在了一起，每一次呼吸都被湿重的空气压制住了，雨水好像都灌进了脑子里，一波一波地在里面翻滚，直到意识被慢慢地淹没，到后来已经是完全靠本能在行走。走到一间熟悉的泥瓦屋前的时候，康明突然一抖，终于从那种混沌的状态中惊醒。正在看书的林老师被突然闯入的少年吓了一跳，只是当他踉跄地走到她跟前的时候，脸上的雨水滴落在老师的布鞋上面，洇出了黑色的印记。

“我很害怕……对……害怕……五年了，一切都是我的错。”康明语无伦次的声音有些沙哑，他也不知道自己为什么突然说起这个，好像有什么东西要倾泻出来才能减轻一直压在身上的重量。林老师拿着干毛巾给他擦头发，手上轻柔的动作鼓励他说下去。一个尘封了五年的秘密终于还是被揭开，一个任性的儿子看上了一辆自行车，老实的父亲决定给儿子买一个值得骄傲的礼物，可是在那个颗粒无收的年份，最快的方法恐怕只能是去矿井工作，就在开始工作的第五天，矿井坍塌，这个父亲再也没有回来。

林老师把昏昏沉沉的康明送回家的时候，男人半倚在门框上，眉头紧蹙，似乎在担忧康明的安危。林老师还来不及跟男人说一句话，他就急匆匆地接过了康明，刚开始的时候还有些力不从心，缓了两口气之后才把男孩扶进了屋子里。康明感觉自己像是被泡进了滚烫的热水里，肺部充盈的热气让他差点喘不过气来，在迷糊中，他听见两个声音在轻声地交谈，他尽力想去听清楚说话的内容，可是有一股力量把他拽入了更深的梦里。连梦境里都是下着大雨，所有人都肢体僵硬地从康明的面前走过，等到他要迈开步子的时候，却发现自己被绳子绑住了，身上多了许多绳结。地面的积水像是涨潮了一般越来越高，直到淹没他鼻腔的时候，康明才突然想起来，解开绳结的末端在自己的手上。

醒来的时候全身都是冷汗，衬衫黏在背上很不舒服，康明皱起了眉头，想要开口却发不出声音，嗓子干痛得快要着火。有一只手探向了他的额头，软软的，有些微凉。康明终于清醒，清明的目光投向了床边的人，是妮子。心中有些失落的同时，又为自己的期望感到不齿。

"已经不发热了，你起来喝口水吧。"妮子拿着水杯，试图将康明扶起来。

康明无力地摇摇头，浑身上下没有一处是得劲的。

妮子的手有些尴尬地举着，接着缩成了拳头，不知所措地放在了膝盖上，她的声音小心翼翼得有些颤抖："你很讨厌我吗……"康明连抬起眼皮的力气都没有了，可是看着女孩要哭出来的表情，还是挣扎着说话了，声音却像破了的风箱，呼哧呼哧地撕扯："我没有讨厌你……"可是妮子显然没有相信他的话，只是絮絮叨叨地说："我只是觉得喜欢就要让你知道，当时没有那么多顾虑，可是也没有想过会让你讨厌……"

康明没有接话，妮子的话让他更晕了，好像有什么东西要从湿润的泥土里破开，毫无预兆，其实早就埋下了种子。大概过了一会儿，康明从床边的外套里掏出一个小盒子，简单的花纹，淡金色的外壳，隐隐散发出一种香味，或许还带着男人挑选时的期待。

"你能帮我个忙吗，把这个盒子送到林老师的家里。"康明的声音有些颤抖，终于迈出那一步。

"那……"妮子揪着衣角，"我帮了你这个忙，你养好身子以后能不能陪我到县里去看一场电影？"

康明永远不会忘记，这个女孩在听到自己的应允后激动的表情，阳光的颜色熏红了她的脸，眼睛亮得足以看得到康明倒映在里面的身影。

最后，那盒金属小盒装着的胭脂应该是送到了林老师的家里，而妮子却再也没有回来，她的生命就像那一场电影，还没有开始就已经终场。后来听过路的村民说，妮子在回来的路上兴奋地踩在河坝上行走，一蹦一蹦的像是为了什么事情而开心，这是她留给他们的最后一个印象。翌日，人们就在湍急的河水中发现了一具尸体，是一个失足掉入河中的少女。

原来，她真的是害怕水……

康明在家里休息了很久，在那段时间里，他几乎只是对着天花板发呆，有很多东西从脑子里闪过，却好像什么都没有，只有头顶白花花的一片，还有角落里结网的蜘蛛，不知疲倦地吐丝。男人推门进来给康明送饭，他的额头上有一层薄薄的汗液，可是却可以看得出他心情很愉悦，康明已经很久没有看见过他露出这样的表情了。他最近经常外出，连身体似乎都不再那么虚弱，像是生活终于有了波澜。太阳正好投射在康明的脸上，温暖着细细的绒毛，男人试图劝服他："天气挺好的，出去走走吧。刚刚大金他们约你去鱼塘，在门口等着呢。"康明偏着头，好像在思考，过了一会儿，他终于爬了起来，活动着酸软的手脚，扛着鱼筐出去了。烈日骄阳，室外的阳光失去了温柔，当汗水再一次浸湿了整个身体的时候，康明呼出了这一个月郁积在胸腔的浊气。可是自己的父亲，那个喜欢自己的女孩，这些都会印在自己的脑子里，就像这条河，他们也会成为一条河，在他的生命里缓缓流动，一刻也不会停止地提醒自己的错误。太阳快要落下了，他习惯性地多捞了两尾鱼，跟大金告别后，康明走向了阔别一个月的泥瓦屋。康明仍然像从前一样径直推门而入，但是门内那一幕是自己如何也没有想到的。林老师正依偎在一个男人的怀里，白皙的脸庞，美丽的丹凤眼。注意到有人闯入，两个人明显地慌了手脚。当看到康明的那一刻，男人的脸上露出了惊慌的神情。时间像是坏掉的齿轮，在场的人都能听见它发出"咔咔"坏掉的声响，康明慢慢走上前，好像要再看清这两个人的模样，后来又像被惊醒了一样，往后急退了一步。康明的头脑一片空白，当自己反应过来的时候已经跑出门外，风在耳边"呼呼"作响，钻进了耳蜗里，尖锐地要把身体里的所有声音都打碎。男人似乎在身后奋力地追赶，力不从心的呼叫声消失在过于猛烈的风里。康明不断地往前跑，他的身体已经脱力，呼吸的节奏也渐渐错乱，每次吸入的空气越来越少，直至跑进了熟悉的深山中，他终于脱力地瘫坐在了地上……

天已全暗，康明拖着疲惫的身子回到了家里，他实在是不知道该怎么面对男人，而男人却刚好一夜未归。第二日清晨，康明被母亲的哭声吵醒，入山的猎人拖回了一个面目模糊、浑身血淋淋的尸体，康明瞪大了眼睛好看清楚这副身体主人的模样，耳边是猎人叹息的话："都多少年没有遇到黑瞎子了，还以为是个传闻。你男人也真是倒霉，怎么就刚好遇上了呢。再说了，他这样瘦弱的人，怎么就敢一个人进山啊……"

下葬那天，是个晴天。林老师也来了，带着一双红肿的眼睛。母亲在前面放声大哭，命运实在待她不公，一连夺走了她的两个男人。而林老师却只能混在人群中低低地啜泣，将自己尽力变成参加葬礼的一个普通村民，卑微地掩盖住自己的感情。康明愣怔地看着送葬的队伍吹起了唢呐，男人已经入棺，被摇摇晃晃地抬走了，那样干脆的仪式就像是在迫切地证明一个人的死亡。"康明，"林老师的声音沙哑得可怕，"对不起……"她看着康明，似乎在等待着男孩应允她继续讲下去。"我是一个可耻的女人。"林老师的嘴角带着自嘲的笑，"其实很早之前就见过季林几次，是李老师找他来教我上课的。"她咽了口唾沫，有些困难地继续说，"后来，我发现自己喜欢他的时候，是知道你们的存在的。可是当我收到季林送给我的胭脂以后就昏了头了。"康明突然抬起头，试图听清楚女人刚刚一闪而过的话。母亲那天抱怨之后，男人暗地里买了一盒胭脂放在家里，打算找个时间送给母亲。可是，却被康明偷揣出来了，想来其实也是一个情理之中却令人哭笑不得的结果，男人居然在胭脂盒上也贴上了自己的名字。

林老师在离开前，认真地对康明说："他没有背叛你们，那天他抱着我只是为了安慰我，其实他之前早就拒绝我了……"末了，她眨着还有泪光的眼睛苦笑，"我希望你能相信他……"康明没有回应，他盯着自己手背上凸起的青色血管，血液在缓缓地流动，他还活着，男人真的已经走了。

整理遗物的时候，康明发现男人留下的黑色笔记本。他打开那本东西的时候手都是颤抖的，似乎还能触碰到男人在这个家里的身影。

“××年5月1号晴

我还是来到了这里，说是赎罪其实也太过矫情。只不过因为我对舅舅一时的玩笑话而葬送了在井下八个人的生命，这样沉重的错误只能靠我自己去弥补了。”

康明看到第二页的时候，眼睛已经有些模糊。

“××年5月2号小雨

我见到了那个叫康明的孩子，一个乖巧内敛的男孩，我不知道这到底是不是一个好办法，但是我还是决定留下来帮助这个家庭。”

“××年6月5日大雨

农村人都害怕闲言碎语，所以康明的妈妈一直不肯让我进门，我真的有些泄气，这种无用的帮助可能真的不是他们需要的。”

康明略过中间的内容，翻到后面。

“××年2月5号多云

我开始莫名其妙地咳嗽起来，舅舅一直劝我离开去治病。但是我不能走，我和她结了婚，就有了责任。虽然现在我好像只能带给他们负累，但是毕竟我们是一家人了。”

“××年3月7日有雨

这里没有人能和我交流，也没有人懂我内心的煎熬，其实为了所谓的愧疚就真的值得我在这里葬送一生吗？”

康明仿佛看到那个男人带着强烈疑惑的表情，生动得不像他，或者本来就是他，只是他们一直都不了解罢了。

翻到日记的末尾，赫然是这几个月的记录。

“××年9月1日大雨

学校来了一个新老师，我挺高兴的，好像有了一个可以说话的人。”

“××年9月10日晴

总感觉自己背叛了这个家，我不应该和那个老师走得太近了。”

康明翻到最后一页，这是男人留下的最后一篇日记：

“××年10月30日晴

不管我为什么来到这里，但是有了这样的一个家，真的很好。”

这个下午，康明终于放声痛哭了，为他的另一个父亲。

眼前的女子抹上了胭脂，带上了不同于平日的妖冶，她眼睛微微眯起，好像有千万的眼波流转，却藏着泪。康明看着林老师在三个男人包围下，登上了越野车，绝尘而去。

年老的李老师絮絮叨叨地说：“想不到林老师竟然是从家里逃出来的，听说是不愿意与父母安排的对象结婚，就稀里糊涂地逃到这里来。这年头的女孩子，原来性子那么刚烈……”

康明手中拿着的是林老师临走前塞给他的铁盒子，微凉的质感硌着他的掌心。还是那个淡金色的外壳，花纹缠绕，似是要延伸至那座幽深的远山，延伸至风起尘飞的车尾。

远处的红日沉沉落下，像一盒精巧的胭脂。

南竹未归

/李渊

我等候你。
我望着户外的昏黄
如同望着将来，
我的心震盲了我的听。
你怎还不来？希望
在每一秒钟上允许开花。
——徐志摩

挂在门楣上的棕榈叶被岁月的风摩挲成沙，斑驳的叶上印染着明黄的阳光。时间凝结成一首旧歌，被天窗切割成无数的段子，缱绻徜徉在狭窄的小巷。风声拼凑起来织成一张白茫茫的网，圈住时光里的回声。风起了，光乱了，倒像是下雨了。祖母靠在木板门上，口中喃喃地唱着歌，唱的什么是听不清了。只记得，那竹编的小板凳在“吱呀呀”地响。响声惊动了几里外的小九湖，潮声散落在巷尾的青石板上，湿润了雨点的步伐。

很早以前祖母就聋了，但那个秋天她说什么都听见了。夕光在风里弥漫的时候，她就走到南岸的小竹林，望着红黄暖霭蒸腾氤氲的湖面，就那样唱起歌来：

“我望断云和树，多少万事堪重数，你呀你在何处……终日我灌溉着蔷薇，却让幽兰枯萎。”祖母苍老的声音在风中弥弥散散，重重叠叠，飘入小竹林的深处，再也觅不着踪影。

祖母天天都在小竹林唱歌，那个秋天下了很少的雨，明媚的阳光里裹着竹林里的风声。第一缕竹叶颓萎的时候，祖母就再也没有站起来。

春天的时候祖母还在老屋的厨房里烙着甜饼。鲜亮的油涂抹的色彩在春花渐暖的日光里泛起白色的光点。我伸手去抓甜饼吃的时候，挨了祖母的骂。她不让别人用手去糟蹋这些精美的甜饼。祖母总是小心翼翼地用报纸裹住这些甜饼，然后塞进我的书包里，带去学校吃。我看着同学们羡慕的眼神，总觉得祖母烙的甜饼是世界上最甜蜜的食物。那种甜味即使在冬雪消融的竹叶上，依旧隐约潜藏。

祖母挎着竹篮去南岸的码头淘米，我跟着她。春生的芦苇密密丛丛地遮蔽了远方的乌篷船，祖母和我就沉默地站着，安静地听划桨的水声。竹篮里的积水滴落在我的脚尖上，响了响，又再次安静下来。直到水岸里的灰鹭振扇翅膀，我们才往回走。只是祖母眼神里残留的一些光芒又黯淡了一些。我记得就是那个春天，祖母的头发全白了。她常常一个人去南岸的码头，伫立在早晨的微光下，反反复复地唱着那首老歌，说她看见了祖父的乌篷船，听见了竹林里远扬的箫声。码头上洗衣淘米的妇女，都说她或许真看见了什么。

我的祖父也是在秋天死的，死于异国他乡一个叫鸭绿江的地方。村里五十岁以下的人都没见过他，但都知道我的祖父是个军人。祖父是在十七岁的时候娶了祖母的。那个时候正是日光微醺的春末，满山的油菜花在蜜蜂的“嗡嗡”声中摇曳着明媚的金黄。第三年在祖母生下父亲之后，祖父就离开了家乡，参加了抗美援朝战争。那年送军的码头上空，青鸟没了踪影，祖父母坐在乌篷船中，一个吹着青竹的箫，一个反复吟唱着“我望断云和树，多少万事堪重数……”箫声与歌声没入远山黛青的重影，东流的潮水褪去明蓝的色泽，随之而去的还有爱人的乌篷船。祖父的手中捧着用纸包着的烙饼，天空中开始飘落斜凉的雨丝，南岸的码头上祖母撑开橙黄的油纸伞，手里紧紧攥着一支碧绿的竹箫，望着祖父的船只，在水面渐起的白霭中慢慢模糊。白霭越浓重，思念越千重。

从那以后那支竹箫就一直挂在我家的房梁上，挂得高高的，谁也碰不到。我一直不明白祖母为什么要把它挂得那么高。有的时候走过竹箫的时候，我仿佛能够从箫孔中听到祖父走路时整齐铿锵的步伐声，这些声音偷偷地躲藏在我夏夜里无边的梦境中，似真似幻。我常常梦到我在南岸的那片竹林里吹着竹箫，箫声徘徊在天空之上三千尺的云端里。

去年夏天最后一场梅雨落下的时候，日月渐渐在蒸腾的热气中消沉。祖母靠着木板门依旧喃喃地歌唱，院落里的泥土地上落败了几缀红海棠。小九湖里发潮的声响溅落在祖母的耳膜里，像一首冗长的催眠曲终于抵达了时光的尽头。祖母对每一位路人微笑，笑容里绽放着逝去的苍老。

"活不过这个冬天了。"

祖母依旧微笑着，在记忆永生的尾端，就这么轻描淡写地说着。那天也下着些小雨，祖母靠在木板门上，抚摸着早已褪色的春联以及木板门上每一道韶光下岁月的纹路。她在风中飞扬的银绸缎穿过茫茫的雨丝，亲吻着院落里每一处深浅的脚印。

也就是在那天，祖母让我把房梁上的竹箫拿下来。在我双手触碰到那支竹箫时，心脏开始狂跳不止。竹箫碧色的表面上结了一层厚厚的痂，我用衣袖将它们拭去。祖父留下的竹箫在我的胸前，泛出特有的荧光。透过薄湿的衣衫，我清晰地感受到一种熟悉的心跳声。我从没见过这么精美的竹箫，箫的表面雕刻着龙飞凤舞的图画，长长的流苏沉淀着黑色的韵泽。神色恍惚中，听到祖母沉重的鼻息围绕在四周。屋堂里呼啸而过的秋风吹过箫孔，发出明锐的声响。那一瞬间，我仿佛听到了时空的另一端，半世纪前的南岸小竹林俊朗的小伙子吹得一曲好箫，俘获了少女的欢心；也听到了，离别时小九湖畔那洒落一地的心碎悲凉与遥遥无期的叹息。竹箫握在手里轻轻的。我按住六个箫孔，但似乎从孔内伸出无数的骨刺，硬生生地刺入骨髓。身体像被抽空一样，怎么也握不住。"傻孩子，你怎么不吹呀？"祖母焦灼起来，眼里的光芒又再次黯淡了一些。我很难受。我不会吹竹箫。"罢了，罢了。烧了去吧。"祖母从我手中拿走那支竹箫，朝着灶膛走去。我跟着她。我们站在一起，依旧是长久的沉默。在一片映红的火光中，我清楚地看见那支竹箫安静地躺在火焰中，没有挣扎。无数的火苗从箫孔中洞穿而过，我又听到了那明锐的箫声，与祖父英朗的笑声夹杂在一起，恍恍惚惚，似是一场梦境。祖母沉沉地出了一口气，眼中却涌动着泪水。

秋天最后一场雨的时候，母亲从红漆的檀木箱子里找出了祖母的老衣。衣服是祖母六十岁的时候亲手缝制的。大红的底色上绣着藏青色的凤凰。村里很多老人都会在家里备上这样的衣服。我想这大概是有道理的。

“荣树，去请先生吧。”母亲对正抽着烟的父亲说。

“再等等，等雨停了就去。”

浓重的烟雾蒸腾在空中，越过门楣上的棕榈叶时发出沙沙的声响，它们穿梭在茫茫的雨丝中，没过多久就烟消云散。

西屋内，父亲坐在祖母身边，轻轻地把她从昏睡中唤醒：“娘，东村的骆驼叔来给您看病了。”

“不用了，我没病，要走的留也留不住。”祖母那个时候还是清醒着的，她定定地看着父亲的脸。“娘，您再留下来看看家。”母亲说。“不看了，看了一辈子，还怕以后回来认不得？”祖母说完真切地微笑了一下，那是她最后一次微笑。笑容里游离着无数的光芒。我父母凝望着祖母的双眼，长久地沉默，父亲的眼里流出了泪水。最后母亲朝他背上推了一把，哑着嗓子说：“走吧。”

祖母在连绵的雨声里继续着她的梦境。梦里，她撑着橙黄色的油纸伞伫立在南岸的码头上，凝望着远处缓缓驶来的乌篷船，双颊升起只有少女才有的红晕。祖父的箫声在小九湖的草荇间穿行，越过茫茫的雨丝，回到爱人的身边。

在长长的秋风里，挂在门楣上的棕榈叶依旧沙沙地响。秋晨的霜露将祖母留下的甜饼香味凝固在院落里的每一处叶片上。我将几处寻到的叶片收藏起来，夹在书页当中。走过青石的小巷，走过春天，走过秋天。我相信，即使在小九湖以外的世界，我依旧可以闻到祖母永恒的甜香。它早已渗入我的骨髓之中，任岁月百炼成钢，任记忆苍竭枯萎，坚不可摧。

西村的老祥叔路过我家门口的时候，秋天已经过去了一大半。“结束了。”他看着墙上挂着的黑白照，这样对我的父母说。弄堂里的风呼啸着卷起沙尘。父母一个剁猪草，一个缝棉鞋。他们对老祥叔笑着，没有说什么。当年老祥叔也参加了战争，在一场突围战中，祖父被一颗子弹击中了心脏。他躺在草地上，全身上下不停地颤抖着。老祥叔那个时候就跪在他身边，祖父从口袋里拿出一张他穿军装的相片塞入他的手心："兄弟，一定要把这个交给你嫂子。"祖父说完之后就咽气了。天上灰蒙蒙的飞机云簌簌地掉落在祖父的身上。那灰尘很厚。

清明节扫墓的时候，母亲拿着黄色的纸钱和锡箔，父亲手里则捧着铁饼干盒。父亲走在及膝的草丛里，经常仰起头，望着天上被日光漂洗的云朵。神情凝重而肃穆。祖母的坟上开满了淡黄色的矢车菊。一芯芯的花蕊仰起头张望着四月里晴朗的天空。

事情发生在祭坟以后。那坟上的纸钱还没燃尽，风向西边吹，播散了一叠又一叠的火星。父亲跪在祖母的坟前，缓缓地将铁盒打开。一沓厚重的白色信封被放在了坟头上，黑色的水笔字迹在暗黄的火焰下烫出焦煳的伤痕。一下子从信封底部窜出枫叶一样的火苗。

"娘写了一辈子的信，一封都没寄出去过。"

父亲仍然跪在坟前，他的食指被染上了棕黄的锈色。母亲站在一旁始终沉默着。我清晰地听到那些来自南岸竹林里的风声，裹着这些白灰在空中东碰西撞。我们面前的火焰久久不息。在一片寂静中，一张黑白相片从信封里露了出来。照片上的少年有一张俊朗的脸，穿着笔挺的军装。"是谁的照片？"母亲的声音里透着惊奇。"是爹的。"父亲庄严地回答。

今年春天的时候，我们坐着老旧的乌篷船随着小九湖的潮水一起回到了家乡。恍恍惚惚中，我又看见南岸的码头上那把橙黄油纸伞的踪影。温暖的风飘过湖面，那年月里酝酿的甜香再一次扑鼻而来。我轻轻地拍着父亲的肩："爸，你闻到了吗，祖母的甜饼香。”“没，但我听到了南岸竹林里的箫声。”直到现在，我都无法解释家里的好多事情。我告诉你们了，我的家在江南的小镇里。那里常年飘浮着甜饼的香味。码头南岸的竹林里有箫声，有风声，还有岁月过境时留下的伤痕。风会吹多远，我不知道，也永远不会知道。它一定还在那里，灌满时光里年老的爱情，在白茫茫的雨丝中站成一片青郁的竹林。

三段孤独

○ ●

/严川

一

昏黄的灯光笼着屋子，香炉里的烟还在慢慢地摇着，摇着。酸梅汤放在桌子上还没喝完，它已经凉了。

梳妆台上的簪子沉静地看着女主人，连叹息也省了。

噫——消散了。

忆湘坐在镜前，细细描眉，用桂花油梳好头发。光润的指甲。

又是一夜，香炉里的烟一点点开始泛白，最终消散，没有痕迹。五更时灯一点点地描绘出昏黄的光圈，摇摇欲坠。

“梁妈——”她唤着。

“车备好了，少奶奶。”梁妈低着头恭敬地站在门口，忆湘踩着黑色绒面的高跟鞋穿过低矮的角门，踏出门。有一滴水不小心落在了她的脖子上，真凉。

她回头看着大门上悬着的“金府”两个隶书大字，已经轻微有些掉漆了，但还闪着光，两年前这字，还是很新的。

孟忆湘恍恍惚惚地上了车，整了整自己的衣裳。她隐约听见梁妈在背后嘟哝着些什么：“哎，这日子……”

二

忆湘坐在街上看着街景。黑色的电缆与戴着小毡帽的摩登女郎在忆湘眼前闪过，她坐在车上抬起脖颈，露出优美的弧度。她自信她很美，美得像一件精致的瓷器。

人人都说她幸运，从大河那边来到这边当丫鬟，结果当了少奶奶，在这金府中过着令外人艳羡的生活。郎才女貌，神仙眷侣。

忆湘刚刚来到金府的时候，见到的第一个人就是金少爷。后来的故事不过是像那些才子佳人的故事一样，有过一些风花雪月的浪漫和惊奇。

这是一个人人说民主自由的年代。在这股风潮的涌动下，忆湘和金少爷不久也学着那西方的法子结了婚。

他的父辈当然有过阻挠，但谁又挡得住自由的呼声呢？

只是人们还是习惯地叫她金少奶奶，而不是金太太。

她开始学会穿嫩绿色的旗袍搭配桃红色的发饰，也会用银色镯子压住藏青色缎面的衣裳。她活得精致，她美丽得像瓷器。

她看着夫君的面庞笑得真实而舒心。

然而梁妈却经常发出“哎，这日子……”这样的感叹，消散在忆湘优雅的步伐后。

有时候梁妈会让忆湘想起自己的外婆，忆湘的外婆曾经也这么悠悠地叹：“这日子……”

但外婆早死了，就死在大河底。

那是外婆第一次渡河时发生的事。那天是外公的忌日，外婆要去给外公买他念了很久但直到临终也没喝上的洋酒，必须得渡河。

那天忆湘站在大河边送着外婆离开，她看着船悠悠荡荡地穿过芦苇丛，突然觉得害怕。

但外婆最终也没能到达大河那边就永远地躺在了大河底。忆湘还记得外婆曾经遥遥地望着那边，悠悠地叹。叹些什么呢？

她和外公的婚约是老一辈定下的，顺理成章，无可挑剔也不能挑剔。婚姻对于他们而言就像是一个逐渐磨合的过程，直到他们都老了，棱角也都变得平滑。

忆湘的外公是一个很安分的人，最大的嗜好不过是喝点儿酒。外婆接受这样安分的生活，在田间和厨房来来走走。一生也就这样过去了罢，波澜不惊的。忆湘小时候喜欢问外婆各种各样关于大河那边的问题，外婆有时会不出声地怔住，然后起身去厨房里做饭。

田间与芦苇，日落与炊烟。当外公归来的时候一家人一起坐在院里吃饭，外公嚷嚷着添饭，外婆笑着去盛。

炊烟在天上很孤独地摇着。

在外婆死后不久，渡夫一个人渡着船来将忆湘带到了大河那边的金家，说是外婆很早之前的安排。那天忆湘离开这边的时候，晨雾一点点地将熟悉的村落掩盖。而她看着碧绿河水荡着，荡着，划出涟漪，又消散了。

离开的时候，她十二岁。

三

孟忆湘下了车，继续一个人走在路上，锦生洋行里飘出淡淡的花露水味，穿着驼色大衣戴着礼帽的男子走过，还有卖报的小孩、并肩走着的女学生和说着话的恋人。电车的声音没有了大门的遮掩反倒显得新鲜了起来。一切都是那么饱满、蓬勃。

“金少奶奶早上好啊。”遇见的熟人向忆湘笑着打招呼。

“是陆太太呀，近来还好吗？上次给媛媛的礼物小丫头喜欢吗？得空记得来金府坐坐吧。”忆湘摆出客气的笑，端出少奶奶应懂的礼数来。

“她喜欢得紧，小女孩就喜欢这些布娃娃。哎哟，我这还有点儿事儿，金太太得空也去我们那儿坐坐啊！”

“好，等闲下来就去。等我先生回来后我们一道去你家做客。”想到金先生，忆湘的心总是甜的。

金先生是这镇上顶好的人物。他常年在外做生意，一年难得回家几次。忆湘的房间里放着的唯一一张金少爷的照片被她在夜里看了无数遍。

她睡不着的时候就想着他会翻过几座山，去遥远的地方看见怎么样的风景，也许他还去过大河的那边。那里有大片大片的芦苇丛。他也许会顺道到她的家去，虽然她的家空空如也。他也许会经过她曾泛过的小舟，闻到忆湘的气息。

但也许，他并没有去过大河那边，而是翻过山，离她越来越远。

“这……当然是好的。”熟人笑笑，然后掩着口摇着头快步地走了。

忆湘继续向前走着，街边的小朋友叽叽喳喳地跟着大学生学作白话诗，雪花膏的味道从街边的女郎身上飘进忆湘的鼻孔。

她最后停在一幢小小的房子前，摁下了门铃。

这是一幢缩在路边的不起眼的西式外租小房，有着落地的窗，深蓝色的窗帘是拉上的。深红色的屋顶与泛黄的象牙门并不搭配，看得出租金是很廉价的。

门开了，穿着深蓝色小袄的女子站在阴暗的过道处，拘着手。

“宝兰，我来看看你。”忆湘低着头，手不知该往哪儿放。

“好久没见到你了，忆湘。”宝兰像是很惊喜的样子。

忆湘看不真切她的面庞，屋内的窗帘拉得严严实实，稍微挤进来的一线光打起了在空气中浮动的尘埃。

深红色桌椅像是黏在了地上，许久未动。低矮的天花板压迫着忆湘的呼吸，她搓着手，一时不知如何接话。

宝兰也那样站着，她好像矮了些。她明显地瘦了，手腕处凸起的骨骼上空空地套着个金镯子。她的头发绾到脑后，几缕没扎住的头发垂在额前。

宝兰是忆湘在大河那边自幼一起长大的朋友，她们一起度过了童年，在那边的芦苇丛边，有数不尽的悄悄话，芦苇静静地被月光照着，像极了少女羞涩的面容。

“你长大后要干什么呀？”

“当然是去城里啦，那儿有雪花膏有香水有各种漂亮的裙子呢！说不定还能……”

“还能什么？哦，你想嫁到那边去！”

“你别乱讲，我可没有！”

“你就有，你就有！”嬉笑声传进月亮的耳里，传进河的耳里。

闹乏后，她们咬着芦苇根，望着望不到边的远处说：“可是，那边真的有那么好吗？”

真的吗？

在忆湘离开后，宝兰也在十五岁的时候只身一人，不顾家里人的反对带着为数不多的盘缠来到这里。

她听了太多那边令人激昂的故事，她决心自己也要成为新时代的一分子。

而那边的世界对于刚到的女孩子是新鲜得冒着泡的，宝兰来到这边就进了新式的女子学校，梳着齐耳的短发，穿着鸭蛋青色的中裙，踏着单鞋，捧着书。

她曾写信给忆湘，说自己一定要活得像个自主的人。

她参与了学生社团，学会了写进步的文章和优美的小诗。她时常和同学在街上逛，她也举过牌子参加过游行。她也曾有自由的恋情，美好单纯。

后来她很快地嫁了人，和丈夫是自由恋爱的。

结婚的时候宝兰瞒着河那边的亲人，一副奋不顾身的样子。那时她对忆湘说，婚姻已经不再是父母之命的时代了，我们要争取自己的幸福。忆湘还记得她那时一脸的光芒。

然而婚后生活并不十分如意，宝兰的丈夫总外出喝酒赌博，十之八九的时间不在家。宝兰一个人打理着家，迅速地便没了年少时的光芒。

“你听说了吗，渡夫要结婚了。”宝兰率先打破了凝滞的空气。

“那个撑船的阿来？”

“是呵，父母做的媒，据说姑娘模样挺周正，性子也实在。”

“那可真得要恭喜阿来了。”

“是呵……当初，阿来不也整天说着要来这边的城里发展，做个买卖啥的吗？你看咱们总觉得这边好，但阿来现在在那边不也笑呵呵的吗，连媳妇都讨来了。”

宝兰啧啧了几声。

“你现在跟以前比，好些了吗？”

“还不就这样？那老不死的，整天都不知道回来……”宝兰碎碎地数落着，她的声音变得尖厉了许多。

“光说我了，你现在还行吗？”宝兰突然问忆湘。

“我很好，不必多挂念我。”

“金少奶奶，人还是得惜福啊。过去的事就过去了。”她没头没脑地蹦出这一句。

金少奶奶这称呼，让忆湘有点怅惘。

“宝兰……我家里，还剩了些布料，我一个人也用不掉，不如拿来给你吧，你且收着。”忆湘将手里的袋子放在门边。

“我先走了，下次再来看你。”她快步地走了出去。

外面的阳光直愣愣地泄出，晃得忆湘眼睛生疼。她不禁回头看，宝兰还是站在那阴暗的过道口望着她，她不敢再回头了。

四

她一边走着一边想起了自己的丈夫，她曾问他在哪儿做生意，为什么这么久才回来。

“那是一个很远很远的地方。”

“要走很多很多天？”

“是，得蹚过河，再翻几座山。”

她此刻想起丈夫的脸，觉得陌生又熟悉。她知道明天或者后天，他又将启程。男人注定是时时刻刻闯荡着，此刻也许他身在忘川，然而下一刻就到了海角天涯。

而她依然是那个遥遥望着的人，她心甘情愿地等。

虽然夜里的时间就像是浑圆的珍珠掉进了酸梅汤，溅起的汤汁冰凉地溅在她脸上。伴着沉香炉里的烟，一点点地干掉。

忆湘每天都要走去大河边，看看山的那边是否还有座山，看看他到底什么时候回来。这是她每天都会做的事情。

在路上越走越远，之前喧嚣的街道渐渐变得安静了。只是偶尔还能看到一些进步的宣传画，有着城市的气息。这里的繁华早已浸入她的生活，精致的生活。

忆湘觉得她在这么个时代里出生真是件幸运的事情。她和自己爱的人自由地结了婚，有现在这样算得上“摩登”的都市生活。虽然她还要辛苦地学习西洋礼仪，辛苦地笑着学跳舞，辛苦地和熟的不熟的人来往交际。

可这不就是新时代的“太太典范”吗？她满足地瞧着自己修得美丽的指甲。

等到丈夫下次回来的时候，她就可以跟他炫耀自己新学到的知识和舞步，可以听他讲外面的新奇事了。

想到这儿，她又忍不住地笑了。

她来到大河边的时候，雾气已经散得差不多了，一阵潮湿的气息夹杂着芦苇的清香向她扑来。

河水缓缓地起伏，水变得更绿了，阳光照在水面发出暖洋洋的光。

阿来依旧在撑着渡，忆湘对阿来笑笑，阿来却怔住了好一会儿，然后也回了忆湘一个大大的笑。阿来黝黑的皮肤闪着光，他变得更加健壮，脸上满是光芒。

“阿来，听说你娶媳妇儿啦！”忆湘笑着向他喊话。

“哎呀，金少奶奶都听说了，这消息可真快呀。”阿来嘿嘿地笑着，一脸满足，他不再是当初那个成天叫嚷着“发达”的小伙儿了。

河水慢慢地浮起，落下，就像风吹起了她的墨绿色绒面旗袍。她用白玉簪子绾住头发，只身站立。她突然觉得自己一直都是一个人的。

而她要等的人，就在很远很远的那边。

“金少奶奶，来等金少爷呢？”有船夫笑嘻嘻地问她。

“嗯……”

“这金少爷不早就——？”往船上装着货物的商人疑惑。

“哎，是啊。这金少爷都死了三个月了，她天天来这码头等着，噫——真疯了。”船夫压低了声音。

他还是没有回来。她想起宝兰，想起外婆，看着阿来的笑。她摇摇头，继续站在那儿，任风吹起她的裙，也许这阵风会吹到某一个地方，拂过他的脸，告诉他快点回来。

也许她还要继续等。

五

多年以后，不会再有人记得她们的故事了。一个时代的洪流分明像是这河水涌动，在暗黑的背景里，在宏大的舞台上交替旋转。她们甘愿身不由己。她们只是众人的背景，众人也只是她们的背景。而所有人，都踏上了这条船，身不由己。

尽管之后是黎明。

这长长的夜，流不尽的水。

忆湘醒来用桂花油梳着头发，唤道：“梁妈——”

Part 3 黄金时代

萧红 怎堪寥落觅嫣红

衣上征尘染酒痕
——青年切·格瓦拉的毕业旅行

一九五一年十二月二十九日

光阴

在某个平行时空停留

怎堪寥落觅嫣红

/一匹马赛克

一、落红时节忆萧红

“你知道吗，我是个女性。女性的天空是低的，羽翼是稀薄的。不错，我要飞。但同时觉得……我会掉下来。”

“那些我将要去的地方，都是我从未谋面的故乡；那些我将要见的人，都会成为我的朋友。以前是以前，现在是现在。我不能选择怎么生，怎么死，但我能决定怎么爱，怎么活。这是我要的自由，我的黄金时代。”

民国的女作家才华横溢者众多：张爱玲，苏青，凌淑华，庐隐，林徽因，冰心，石评梅，白薇，丁玲，可谓是入世才人粲若花，命途多舛者也比比皆是，多有情感挣扎与困顿。但终其一生，与朴素的饥饿与真切的贫穷为伍的，却只有萧红一人。

前几年，网络上集体讨伐绿茶的时候，林徽因被大家一再提起。后来，众多人间四月天的电视剧迷们为其平反，主要一点反驳理由是：林徽因已经够惨了，请大家不要再这样黑她，真要比惨，其实有个叫萧红的，更惨。

事实上，与张爱玲的茶点、苏青的吃食不同，贯穿萧红一生的，的确是最纯粹的饥饿，最真实的列巴面包。

萧红的相貌不算太漂亮，出身也并非如何大富大贵之家。和张爱玲前庭衰败的遗老之家不一样，萧红生得平凡。她有溺爱自己的祖父，严肃而又矛盾的父亲，她的出生本身就包含着简单而通俗的传统意味。

如果硬要说有些不寻常的地方，就是萧红与生俱来的灵敏情思和“爱自由”的无端欲望，这种纯净而出世的洒脱和萧红出生的时代显得那样不相匹配。

事实上，萧红本身也并非具备化热情为面包的能力，所以她一直安慰自己，“面包会有的，爱情会有的”，却一而再再而三，败得很惨。她的灵魂一次又一次被不太协调地依附在男人身上，这不得不说是一种任性而为。

萧红笔下的文字风格有点像她的精神导师鲁迅，虽然鲁迅可能永远也写不出《呼兰河传》这样平淡中带着清新风格的东西，但萧红笔触里那股饱满浓烈的情感却是十分接近鲁迅的。即使是《呼兰河传》这样平淡的小说，你也可以体会到萧红那股浓烈的怀乡之情。她作品中的经验世界，那种疏离的陌生感足以颠覆人们对小说叙事的认知。

法国的普鲁斯特和住在红楼的曹雪芹，他们这类作家是以精巧的文字、繁复的细节构筑其记忆的城堡。但谁能想到，同样是深入记忆之海，这位来自东北雪原的女作家却用最干净和最节省的文字就勾勒出了辽阔深远又生意盎然的故乡。

“有我所不乐意的，在天堂里，我不愿去。有我所不乐意的，在地狱里，我不愿去。我只愿蓬勃生机在此刻，无所谓去哪儿，无所谓见谁。”只有一颗敏感而孤独的个体心灵，才能够驾驭一个自由跳跃的丰富时空。

萧红一生都追求爱与自由。她的经历是她追求爱与自由的绝好注脚，她的创作则是她坎坷而短暂一生的永恒绝唱。萧红说：“也许不是每个人都能拯救世界，也不是每个人都有条件创造未来，但是为苦难的世界担当情感痛苦，却应该是一个作家的情感追求。我写苦难，就是希望苦难的现实能够改变。虽然我还没有找到改变的道路。”

萧红所处的时代，封建王朝留下的陋习不少，虽然皇帝总算是结束了使命，但男尊女卑的社会现象依然存在，这么宏观的社会问题不是简单的一句“娜拉出走”就能解决的，你瞧，连鲁迅都呼吁了，“娜拉出走”的重点是：娜拉出走以后能否养活自己。萧红的文字很深刻，也接地气，她创造了一种倨傲自尊的新文体，她的出现使人们开始更多地被北方贫穷却洋溢着纯真气息的日常生活所打动。

然而，萧红却不像深爱文字那般深爱自己，她的健康一次又一次被疾病和生育所吞没，她的爱情也一次又一次被遗弃在廉价而肮脏的小旅馆里。《伤逝》里的魔咒仿佛一直紧紧包围着她。

“然而娜拉既然醒了，是很不容易回到梦境的，因此只得走；可是走了以后，有时却也免不掉堕落或回来。否则，就得问：她除了觉醒的心以外，还带了什么去？”寒冷的夜，萧红在寒冷的房间，静静读鲁迅的讲演稿，饥饿与寒冷似乎就能停止下去。

此刻，萧军对女人们的情感正如日本芥川奖得主川上弘美的小说《西野幸彦的恋爱与冒险》里所写的：我只是一不小心同时爱着你们所有人而已。

“你对爱的哲学，是怎样解释呢？”“什么哲学，爱便爱，不爱便丢开。”轻描淡写的两句，我却一直觉得，这才是他们之间最严肃的一场对话。

原本书信如飞鸿，和所爱的人见字如面，雕刻时光。如今却是，你在南方的艳阳里大雪纷飞，我在北方的寒夜里四季如春，确实，凡是伟大的爱情，真的都不必去羡慕。一个人自由地笑，自由地哭，此生就这样不朽。

杀死“洛神”的饥饿并不仅仅来自于肉体，这种饥饿的另一个名称叫作寂寞。

时隔半个多世纪，后辈的人们用诗篇、用电影画面来挖掘萧红的精神骸骨，这才恍然发现，原来萧红所代表的反抗精神只是时代开的一剂玩笑。萧红奋不顾身的爱情成为萧军晚年一道最鲜亮的疤痕。

她的灵魂在三十一岁的身体消逝时方才褪色一半，还有一半不是忧伤，而是快乐的影子，飞在《呼兰河传》《生死场》等作品里，让人们久久回望。那是一种伟大的力量，关于命运，无关爱情。

所以，萧红的作品从来不是美景如画，但她的根系深深地扎在泥土中，能从一粒饭中咀嚼、品味出甘甜的人，也必然能体会出心灵空间的开阔博大。的确，人生太短，故事太长，不必回眸。

一九三六年，埃德加·斯诺在上海最后一次拜访了鲁迅。当时斯诺夫人海伦·福斯特正在为斯诺编选的小说集《活的中国》撰写题为《现代中国文学运动》的长篇论文。受夫人的委托，斯诺向鲁迅先生询问了二十三个问题。其中的第三个就是：包括诗人和戏剧作家在内，最优秀的有哪些？

鲁迅在谈过茅盾、丁玲等人后接着说道：“萧军的妻子萧红，是当今中国最有前途的女作家，很有可能成为丁玲的后继者，而且她接替丁玲的时间，应该要比丁玲接替冰心的时间早得多。”

这大约是中国现代文学史上第一次有人将冰心、丁玲、萧红作为三代女作家的领军人物并提。这年，冰心三十六岁，自1919年发表第一篇小说开始，已经踏入文坛十八年；丁玲三十二岁，1927年以《梦珂》名扬文坛以来，写作生涯也开始了将近十年；而萧红，这时刚刚满二十五岁，初涉文坛不过三年。这样的一个年轻人如此地受到重视，不能不说，鲁迅先生确实独具慧眼。

朋友们眼里的萧红，总是苍白着脸，一副贫血的样子，而尤为让鲁迅夫人许广平吃惊的，则是年轻的萧红那满头花白的头发。萧红一生的确较常人更为辛酸，然而要说是“尽遭白眼冷遇”，用梅志的话说“那是有点夸大的感伤”，因为在得到鲁迅先生亲自关怀这一点上，萧红就远比丁玲要幸运得多。

一九二五年，丁玲在北京陷于困顿苦闷时，也曾给鲁迅写信，不料有人指认这是沈从文的笔迹，鲁迅很是生气，认为是“孥孥阿文”在戏弄他，加之后来胡也频又极不严肃地拿着“丁玲的弟弟”的名片拜访鲁迅，鲁迅当然不会给这个子虚乌有的“丁玲”回信了。

“鲁迅就是没有回信”对丁玲是个不小的打击，她一度有一种被世界遗弃的感觉。她耿耿于怀的是，为什么鲁迅“对别人都是热情的，伸出援助之手，就认为我是一个讨厌的人，对我就要无情”。

丁玲这种没有得到前辈宠爱的怨气当然是一种误会，因为正如她自己所说，鲁迅对于青年一向是热情帮助、无私关怀，真实的鲁迅，大多时候，慈爱且和蔼可亲。

一九三二年，周氏兄弟闹翻，鲁迅搬离八道湾，暂住砖塔胡同。院子里住着俞家三姐妹，老二俞芳那年才十二岁。刚住进来的那阵子，鲁迅没有笑容。

半个多世纪后，俞芳写了本小册子，回忆胡同里的大先生，和三个小毛丫头快乐地笑：有一次大先生给我们讲绍兴女人吵架时常用的“剪刀阵”和“壶瓶骂”，他连说带比画，引得我们笑弯了腰……

一九三四年十月，当鲁迅接到萧军、萧红的信后，不仅很快地回复，且第一次见面就奉送了二十元钱以解两人的燃眉之急。随后，他们之间就频繁通信，后来二萧干脆成了鲁迅家的常客。有一段时间，萧红心情郁闷烦躁，更是天天待在鲁迅家里。

鲁迅不仅在文学上为二萧看稿、推荐、写序，也在生活上关心他们，为他们介绍朋友，不时请他们吃吃饭、解解馋。萧红至少在鲁迅先生这里得到的不再是冷眼相待，而是导师的无私关怀。

然而，时光苟延残喘却无可奈何，一九四二年一月二十二日，正当太平洋战争激战正酣，香港风雨飘摇之际，年仅三十一岁的一代才女萧红孤独地死在香港。

死前一天，由于误做的喉管手术不能说话，她在纸上留言道："我将与蓝天碧水永处，留得那半部'红楼'给别人写了。"又写："半生尽遭白眼冷遇，……身先死，不甘、不甘。"一段传奇的记忆从此留在城南旧事里。

所谓文人的笔锋，所谓时代的利刃，所谓幸福的猪或痛苦的苏格拉底，也许只是一份无可奈何却享受其中的挣扎。

黄金时代没有文艺复兴时期的爱情，没有浪漫的爱情故事，艺术家、小说家们通常都承载着全世界的孤独。"一个终生与贫穷为伍的人，如果不能改变，依旧要与贫穷为伍，那么我亦坦然。"这是最诚实也是最欢欣的话语。

萧红在东渡日本时曾给萧军写信，她言语不通，就那么孤身一人在异乡的土地上，却在信中说，这就是她的"黄金时代"。令我特别感动的，不仅是因为她在那样的环境说出那样的话，还因为她自己过人的敏锐。当时她在物质上已是非常匮乏与艰难，但在心情这样痛苦的时刻，居然能够看出自己处的是一个黄金时代，虽然"是在笼子里度过的"。作为一个作家能够看出自己当时的所谓"幸福"，看出时代的某种深邃，这确实符合某种艺术沉溺的洞见力。

人若是久久沉溺在某种事物里，是会闪闪发光熠熠生辉的，“因为如此艰难，才有沉溺的必要。”

想起前段时间在西藏山南见到的朝圣者。这些朝拜者在寺庙前的广场上磕头，他们有些是从很远的地方出发，五体投地，一步一拜，一路磕头去大昭寺。严寒的长途跋涉使得他们有不同程度的伤，但与头顶和地面多次强烈碰撞而留下的疤痕相比，都不值一提——他们大多用拜垫，双手绑有自制的松木板，因不同的发愿做相同的动作。广场上是低沉的诵经声和木板接触广场地面的嗒嗒声以及四肢和身体向前匍匐的摩擦声。布达拉宫、大昭寺、八廓街、羊卓雍湖、日喀则、定日、绒布寺，就这样，一步步而来……

大梦谁先觉，平生我自知，唯有梦魇者才能进入浮世绘和童话的秘境。

患精神分裂症的狄更斯说，这是最好的时代也是最坏的时代。

二、洛神的溺毙

“我爱这清明的孤独，我怕这喧嚣的寂寞。”

“我们永远没有黄金时代，就像我们白发苍苍的时候，才发现可怜兮兮的青春有多么珍贵。虽然青春很糟糕，肮脏、自慰、背叛、苦痛和忧郁，但也止不住我们流泪地怀念。”

在如今这个年代，文艺和刻奇相连，人们仿佛要将每一分每一秒的剩余价值都压榨殆尽。“金钱买不到幸福，但确实带来了一种更令人愉悦的痛苦形式。”喜剧演员米利根说的话，正是对现实的一种简洁描述。

我有一位和萧红一样，同样是生于东北的朋友，因为从小在老工业区长大，他童年最多的梦境就是工厂废墟。他曾不止一次地对我描述他的梦：锅炉是造梦的永动机，它的内部是个空旷的剧院，蒸腾着巨大的云朵。钢铁和管道是梦工厂巨人的骨架和血管，药剂师提炼毒药，密室墙上开满瑰丽的霉菌，妖异诡谲。香薰是化肥的味道。池子里漂浮着斑斓的油彩，水花就像画里的睡莲池。废渣堆积如山在夜色中如宝石般闪闪发光。

我曾惊讶于这样的想象和光怪陆离，却无端发现，随着年岁的增长，他也再不屑于谈论这些“幼稚”“无聊”的童年记忆。他说，漫步于周遭人流，所感触到的，只是无尽的孤独感。真是应了那句话：懂得越多越像孤儿，走得越远越觉得世界本就是孤儿院。

其实，孤独未必不是件好事，没有它做药引，旅行成不了心病良方，最多只能算片阿司匹林。马尔克斯已经逝去，孤独的时代和霍乱的爱情却将一直继续。仍然没有人给上校写信，将军依旧会囿于迷宫。光合作用与字里行间，当年的流行成了今时的经典，这是时间酝酿出的魔幻现实主义。

夏秋相交的季节，暂时忘却萧红的年代，村上春树的“钝感力”和“小确幸”负责构成双螺旋链式的生活。前途是光明的，道路曲折向上，老话说得可真是形象生动。

想来真理也并不抽象，它就落脚于每一个生命的生老病死，每一株草木的荣枯青黄。那些大道理讲不通之处、庸常视角以外的盲点，才是彷徨、困惑暌违已久的焦灼地。

讲述文学、讲述作家故事的影像作品继续从制片厂滚滚流出，电影的确不该是课堂，也不该是播报剧，它向来是一个骨子里的狂热分子，它可能是社会的痛感神经，是时代的评述达人，迎合甚至引导着思想的每一次潮流。

然而，也正是它，一次次将一代人共同的话题推向前台，使得传统的个人阅读和创作逐渐让位给一种集体性的大众消费行为。

人们曾经因为学会了“听”和“读”而忘记了“看”，现在又重拾“看”的经验，且更适应于现代的感觉。即使本雅明、霍米·巴巴们会拉上法兰克福主义者同

仁，一直像失忆人般絮絮叨叨下去：在机械复制时代凋零的，正是艺术作品的光晕。君不见，你的同桌我的前排他的后座，类型化的青春已然快被炒煳。沉溺于趣味中的情绪调料显然已经不足以做怀旧的资本。屏蔽麦克卢汉、波兹曼和让·鲍德里亚的长篇大论，年轻的人们也在追寻娱乐和感官刺激的旅程上孜孜不倦。

而对于褪去所饰演人物外衣的明星、演员和偶像，人们不过是一次次地造神，再一次次地伺机砸碎。风起时，极尽捧杀鼓吹炒作包装之能事；风去时，狠为毁谤贬低落井下石之踩踏，从没有平和客观的心态。不是人们不知，盲从跟风者虽有，但大多数看客和制造者们实在都很有兴趣参与一拨拨热闹的狂欢。水上狐尾藻，尘世乌托邦，有人攫足了利益，有人排遣了无聊，这是庶民的胜利与悲哀。

审丑，消费，热腾的鸡零狗碎。猎奇，八卦，廉价的插科打诨。观念的水位不断召唤新的标尺。寻找耶稣与等待戈多之间，生活这张显卡，已经有太多待修的物理坏道。在全民舆论爆炸的信息年代，面对扑面而来的聒噪，既喜且忧。

喜的是，乡愁和美一次次被知识分子们重提，以美育代宗教，未尝不是一种心灵的富足。即使是最潦草的秋之怀古，也莫不象征着回归。忧的是，太多纷至沓来的所谓“宁静”，或许只不过是为了趋时。急进的节奏注定承载不下千古岁月、一湖诗酒，却需要一个精致的粉饰和慰藉。

乡愁原是一种高尚的痛楚感，美本身也自有一份凛然。而在热闹的结构和架空盛宴里，每个赴宴者都在认真敷衍，不亦乐乎。于是，编程在左，边城在右，怀古的记忆就此脱臼。

我想我们既是牺牲者，也是刽子手。

那么，用文学和艺术来悬壶济世吗？不，请别误会，我猜想其实鲁迅也并没有那么大的雄心壮志。只是，有时，像那个年代的人们一样，做些有聊而“无用”的事，不让热闹仅仅沦为狂欢，这点还是值得争取的。就像民谣歌手唱的：不去想自由，反而更轻松，愿意感动孤独，不再忐忑。

某天，想象一块挂满一百首诗的绿地、一方聚集上百位歌者的山岩吧，如同心脏般的正弦波律动会与整个世界产生共鸣。

秋天确实易使人触景生情、感时伤怀，却也能令人思绪清明，在沉静中观照历史与当下，发现鸟兽鱼虫和生命中奢侈而奇异的美。公元806年，有一个叫刘禹锡的人在纸上写道：自古逢秋悲寂寥，我言秋日胜春朝。

竹杖芒鞋轻胜马，也许一不留神，森林中的主唱已经变成一些不知名的虫儿，湖面水鸟的碎步会踩出一长串简洁的省略号，连绵的茶园里会有翻炒的茶香。

你会发现，仍然有用三十年剪报固定时光留存记忆的人，仍然有饮湖上初晴后雨而醉酒书画的人，仍然有独自漫步于巧克绿与植物链间一卷《本草》寻访花香的人，正是这些可爱的人，滋润着庸常的生活，使珍贵的孤独变得丰沛。

此时，在街上晒太阳的宰予们，就像土豆从土里长出来，风一吹都跳起了舞。这便是了，年年会有秋天，沂水温润清暖，沂雨台上秋风成阵。守山林的人还未到来时，那些“斥乎齐、逐乎宋卫而困于陈蔡之间”的梦，也一直保存在理想的国度。

武陵少年未老，是谁说，黄金时代不再。仔细听，有人欲复古书写，令诗文参差如雨下。雨尽，我知远方有来信将至，宜用想念的念，念之。

屏里吴山梦自到，或许，纸上早有诸字远行。那种红楼一样的情怀，虽死亦不息。

三、尾声

少年时的萧红是一个在落寞中长大的孩子。即便这样，她的生活里依旧充满了欢声和笑语。早晨她在呼兰河边看着薄雾渐渐地被吹散，在火红的烈日之夏，她看着那些在田间劳动的农民，看着他们被阳光炙烤着的、火红的后背，那是一种真切的活着的意义。在夜幕四合，家家户户等待着升起袅袅炊烟的时候，她会趴在窗前，看着远去的人们和他们被夕阳拖得长长的、斜斜的影子。

而今，萧红的坟墓寂寞地孤立在香港的浅水湾。在游泳的季节，年年的浅水湾该有不少红男绿女，然而躺在那里的萧红却是寂寞的。

文学和艺术未必毁于商业，却可能毁于不负责任的历史书写。如此喧嚣的年代，又有几人肯耐着性子去理解写字者的“饥饿”呢？我想，只有卡夫卡小说《饥饿艺术家》的开头可聊以祭奠溺毙的“洛神”：“饥饿表演近几十年来明显地被冷落了。早些时候，大家饶有兴致地自发举办这类大型表演，收入也还不错。可是今天，这些，都已毫无可能。”

文字之美，精神之渊，到底哪个才是黄金时代，这之中，必有其真，亦必有其假，又或许，根本就没有真假。

那早晨的露珠是不是还在花盆架上？——萧红《呼兰河传·尾声》

衣上征尘染酒痕
——青年切·格瓦拉的毕业旅行

○ ●

/一匹马赛克

在信息爆炸的年代，世间的故事和电影一旦过去了几年，便旧得不能再旧，如同变焦失调的影像，时而虚幻，时而真切，还夹杂不少噪点。《摩托日记》这部影片初中时曾在一个记者大叔家看过一次，当时只是看个热闹，最近为朋友推荐公路片，自己也不由重看了一遍。风景人事在路上，悲欢离合在心里，有些记忆一旦嵌入脑海，也就难以彻底抹去。

温故确可知新。

关于摩托之旅——21世纪穷游党们的鼻祖

尘世如潮人如水，只叹江湖几人回。当人们都真真假假地崇拜倒在美国人枪口下的格瓦拉时，我却更加佩服那年行走在南美大陆上的那个二十三岁的年轻骑手，那个即将毕业的医科专业研究生，那个与麻风病人、矿工打成一片的旅行者。

彼时的他，年轻，意气风发，精神得像个精神病人。所以，著名的摩托之旅其实并不是他的第一次出游。

事实上，格瓦拉在更年轻的时候，就常常搭车旅行。1950年1月，格瓦拉在布宜诺斯艾利斯大学医学院完成了第三年的学习，他骑一辆装有微型马达的自行车，踏上了第一次独自的长途旅行。他扣着一顶帽子，戴着太阳镜，身上是飞行员穿的皮夹克，一条备胎斜挎在肩上。

这趟旅行花费了六周的时间，他游历了阿根廷北部的十二个省，走过了约四千公里的路程。这次旅行为格瓦拉培养了写旅途日记的习惯，这个二十二岁的年轻人开始思考：作为一个现代国家，阿根廷只是徒有其表，灵魂却在腐烂和败坏。

第二年年底，格瓦拉即将拿到医学研究生的学位证，当时他正好结束了一场期末考试，于是找到好朋友，住在科尔多瓦的药剂师阿尔伯特·格兰纳多，两人一起在葡萄架下喝茶。那时候格兰纳多快三十岁了，他长久以来希望跨越南美大陆的梦想始终没有实现，眼看着青春时光就要告以终结。

突然间……一个想法"噗"地浮现出来。他们一拍脑门就决定出发了，交通工具是一辆老式诺顿牌摩托车，生产于1939年，旅行方式是：顺其自然。

格兰纳多给那辆漏油摩托车取名为"大力一号"。为了炫酷，俩人骑着车先去看望了格瓦拉的女友琪琪娜。在她家补充供给后，正式出发。格瓦拉在当时的日记里写道："亲爱的妈妈，你会收到最美丽的信，此时此刻，布宜诺斯艾利斯已经远去，同样远去的还有该死的论文、乏味的讲座和考试，我们把文明彻底抛在脑后，离自然更近了。"

两人沿着安第斯山脉穿越了整个南美洲，途经春夏秋冬，历经风土人情，过阿根廷、智利、秘鲁和哥伦比亚，一直到达大陆的最终端——委内瑞拉。

一路走来，他们的行程并不顺利。在路途的中间他们的摩托车就坏掉了，随后的旅程，搭车、木筏、游轮、烤火、露宿、行医、在女孩们那儿扯谎和骗吃骗喝，两个年轻人无所不用其极。在秘鲁一个修女们负责的麻风病人村，格瓦拉和格兰纳多留了下来，当了几个月的义务医生。

衣上征尘染酒痕

1947年，格瓦拉在信笺上写下一首自由体诗：

如果我注定被淹死，

子弹，子弹能对我做什么。

但是我要超越宿命。

宿命可以通过意志的力量创造。

死，会的，但是会被子弹
打得浑身窟窿，被刺刀杀死，
否则的话，不会死，淹死，不会……
要让记忆比我的名字更长久
就要去战斗，战斗地死去。

这一年他十九岁，名字是埃内斯托·格瓦拉，是一个瘦弱、被严重的哮喘病所困扰的年轻人。他拥有很多绰号，比如“火塞”“爆脾气”——后者是因为他在学校橄榄球赛场上的无畏表现。

此时距离他那次激动人心的旅行，还有几年时间。作为一个种植园主的儿子，格瓦拉在同龄人中是一个难以归类的怪人。和他同属一个社会阶层的年轻人在那时衣冠楚楚，打着领带，穿着夹克、长裤和锃亮的皮鞋，而埃内斯托惯常的打扮，则是一件松松垮垮的休闲裤以及白色衬衫。

在一张拍摄于1948年的照片里，他就是这么一副打扮，躺在布宜诺斯艾利斯新家的阳台地板上仰望天空，眉头微锁。

尽管看上去像一个纨绔浪荡子弟，但是在这时候，年轻的格瓦拉已经开始阅读弗洛伊德和波德莱尔的作品，甚至看过原版的大仲马、魏尔伦和马拉美，当然，还有威廉·福克纳和约翰·斯坦贝克。

当然，他也干过不少不靠谱的事儿，譬如在自己家里制造杀虫剂，搞得整个房子里都是令人作呕的味道。另一件事是贩卖皮鞋，结果进的都是尾货，许多鞋子配不上对儿，他只好和生意伙伴花了很长时间，把看上去比较像是一对的鞋子挑出来卖。

1951年12月29日，正是这一天，埃内斯托·格瓦拉从阿根廷布宜诺斯艾利斯出发，开始了那场环游南美洲的旅行。这是一次改变南美甚至世界历史的旅行。但其实，在这次历时一年、行程上万公里的路途中，他和好友的爱车“大力一号”很快就坏了，支持着他们旅行下去的，是对无数南美卡车司机请求搭载和向智利少女们索要吃住时的诚恳与忽悠。

脑袋想不通的事，就用脚去想。事实上，格瓦拉曾经有三次环游南美的经历。第一次他骑车环游了整个北阿根廷，第二次就是这次和好友的摩托之行，第三次他在危地马拉亲眼见证了美国对南美洲民族独立和内部自由的干涉与破坏。他选择了这样的旅行路线，应该是听从了心底渴求泛美主义实现的声音。

俩人一路游玩到马丘比丘被破坏的玛雅文明遗址时，格瓦拉的思索开始深入。一个仁慈、好奇而善良的白人，庇隆治下的高等种族，对下层的印第安人开始充满关怀。其实这种关怀在起初纯属吃饱了撑的——当然格瓦拉为此最终付出生命，这是后话。

而他的旅伴格兰纳多也着实可爱：一个近三十岁的从业药剂师，为了顺便给自己过一个特别的生日，陪着一个还没拿到医科研究生学位证的青年胡闹，还一本正经地出手混吃骗喝。后来，格瓦拉领导的古巴革命成功后，格兰纳多收到了好朋友的来信，要他去古巴首都哈瓦那当院长。格兰纳多于是追随当年旅伴的步伐，到古巴创立了圣地亚哥医学院，并且在那里生活至今。这位老人出现在电影《摩托日记》的最后一个镜头里。他终其一生都怀念那次伟大的旅行结束时，在哥伦比亚机场，格瓦拉与自己告别的那个背影。

时光回溯到1952年，当情况允许两个年轻人沉思的时候，格瓦拉仔细留意了所到之处土著人的生活状态和不独立国家矿产被赤裸裸掠夺的现实。但这时他仍然是一个敏锐的少年人，今朝有酒今朝醉。直到危地马拉，他才见识到人与人之间的丑恶冲突，力量的肆无忌惮，决心投笔从戎，走上圣斗士这条不归路。

相对于其他南美国家，阿根廷是较为富足的，国内也没有战争。所以，跑到国外的格瓦拉，从头到脚都是异质的。古巴解放的时候，卡斯特罗让格瓦拉在城外接受敌军的投降——因为他不是一个古巴人，他不能第一个进入哈瓦那，享受胜利女神的光荣。人类历史上又可曾有过这样一个外乡人，满腔热血地在异乡的土地上搏命战斗？

古巴改制后，格瓦拉身居要职，先后出任古巴工业司司长、古巴银行行长和古巴工业部部长。但1965年的时候，他告别古巴，率领一支国际纵队进入刚果，留下了他情深意切的告别信。在刚果的莽莽丛林中他瘦骨嶙峋食不果腹，而那个时候，大多数的古巴领导人都在脑满肠肥鱼肉人民。

1967年，他的身体布满弹孔。他客死在他乡的他乡，这场旅程，他已经走得太远。

不知道他慨然赴死的那一刻，会不会想起自己年轻时和好友的那次毕业旅行，当地的报纸上曾有这样一条新闻："两名阿根廷麻风病医学专家骑摩托环游全南美"。

亲爱的阿根廷，请别为我哭泣

在格瓦拉结束旅程回到阿根廷的前夕，阿根廷第一夫人艾薇塔·庇隆（这位的传奇经历与创立著名奢侈品牌Chanel的可可·香奈儿极为相似）去世了。那是1952年的7月26日，整个阿根廷笼罩在浓重的悲痛中，阿根廷人停止工作学习和生活，从四面八方涌向首都布宜诺斯艾利斯。政府宣布全国服丧，同时将普拉塔市更名为艾薇塔·庇隆市，七十万人向艾薇塔的灵柩致哀。

而彼时的格瓦拉却不得不面对接踵而来的考试。同时，他开始根据旅行中的日记写《旅行笔记》。这本书在他死后，由他的遗孀阿莱伊达出版。1995年，这本书的英文版面世，名为《摩托日记》。

在这次旅行中，格瓦拉开始真正了解了拉丁美洲的贫穷与苦难，他的国际主义思想也在这次旅行中渐渐定型，他开始认为拉美各个独立的国家其实是一个拥有共同的文化和经济利益的整体，各个国家间需要国际合作。

"出发，格拉玛号！"

1956年11月25日，墨西哥韦拉克鲁斯州的图克斯潘，格瓦拉和"七二六运动"

的81名战士登上了“格拉玛号”游艇，驶向古巴。

1956年12月2日，比计划推迟了两天，他们在古巴南部的奥连特省的一片沼泽地登陆，遭到巴蒂斯塔军队的袭击，只有12人在这次袭击中幸存。格瓦拉作为军队的医生，在一次战斗中，当面前一个是药箱另一个是子弹箱时，他毅然扛起了子弹箱。那个给庇隆夫人写信，在旅行中念着聂鲁达诗的青年，脱下了医生的白袍。从这一刻开始，格瓦拉彻底从医生转变成了一名战士。

在随后的战斗中，他开始逐渐被称为“切•格瓦拉”。

1960年2月，著名哲学家萨特访问古巴，与格瓦拉会面，惊叹他是“我们社会的完人”。

当格瓦拉回到古巴一个多月后，他给卡斯特罗留下了那封著名的告别信，辞去了第二领导人的高位（他也注定不会习惯在官僚体系中生活），离开古巴，奔赴刚果，再次开始他的游击战士生涯。两年后，格瓦拉游击队中的一个逃兵向玻利维亚军队透露了格瓦拉游击队的营地。10月8日，格瓦拉被政府军包围，他在腿受伤后被俘，随即被9颗子弹打死。政府军一定后悔让当时的记者们拍下了格瓦拉的遗照，那样的姿势，那样惨白的笑容，确实给了后人无尽遐想与发挥的空间——这与耶稣殉难时的姿势情景何其相似乃尔。

1967年10月18日，百万古巴人云集国家广场哀悼格瓦拉，卡斯特罗致悼词：“如果我们要找一个典范的人，一个不只是属于我们这个时代的典范的人，一个属于将来的典范的人，我衷心地说，这样一个在行为上没有一丝污点，在举动中毫无瑕疵的典范就是切！如果我们想表达我们想要我们的子女成为怎样的人，那么作为热情的革命者，我们一定会从心底说：‘我们要他们像切！’”

切，无处不在

格瓦拉被处死的时候，他已经是西方社会的一个标志。在1968年，这个马克•科兰斯基所描述的“撞击世界的年代”里，巴黎的大学生把格瓦拉的头像贴满了校园，随后又高举着他走上了街头。在一张阿尔贝托•柯尔达摄于1960年的肖像照片上，格瓦拉头戴贝雷帽，长发卷曲，神情坚毅，眼望远方。

切的神话超越了所有人的控制，越传越广，成百万上千万人为他的去世哀悼。球王马拉多纳的偶像是格瓦拉，民谣王者鲍勃·迪伦的偶像是格瓦拉，六十年代以来欧美独立摇滚青年们的偶像是格瓦拉。诗人和哲学家赞美他，音乐家编曲歌颂他，画家描绘他的英姿。亚洲、非洲和拉丁美洲的游击战士们高举他的旗帜奔赴战场。在美国和西欧的年轻人奋起反抗越南战争后的既定秩序、种族歧视和社会正统观念的时候，切叛逆的脸庞成为他们的终极偶像。切的遗骨可能消失了，可是他的精神还活着，切无处不在。

的确，青年们无法不迷恋他——英俊、勇敢、浪漫、忧郁和富有才华，一个理想主义的殉难者，甚至，他的哮喘病也为他增添了神秘的疾病隐喻。更重要的是，他如此纯粹地反抗既存秩序。

当20世纪60年代结束之后，另一个十年的开头，1970年，法国哲学家让·鲍德里亚发表了他最负盛名的著作——《消费社会》。他在这本书中阐述：在一个消费社会中，消费者不是对具体的物的功用或个别的使用价值有所需求，他们实际上是对商品所赋予的意义（及意义的差异）有所需求。比如，人们添置洗衣机等生活用品不仅是“当作工具来使用”，而且被“当作舒适和优越等要素来耍弄”，并愿意为后者掏钱。

这仿佛是时代的谶语。

在20世纪的70到80年代，格瓦拉暂时性地被部分人遗忘了，可是90年代，他再次受到人们的拥戴，成为对抗现实的象征。

数字消费品

从20世纪60年代开始的格瓦拉热潮其实从未彻底消退，甚至在几年前，人们还轰轰烈烈地纪念了他逝世的第四十个周年。然而，这个被印在T恤衫上的英俊男人，是否还是那个革命者切·格瓦拉？

1995年11月，一天上午，美国作家乔恩·李·安德森到玻利维亚圣克鲁斯城郊的一座庄园，去拜访退休的将军萨里纳斯。在花园里，萨里纳斯将军向这位来访者讲述了28年前的故事。1967年10月，他和他的士兵们抓获了切·格瓦拉，将其枪决，随后秘密埋葬了他的尸体。

这一天是10月8日，格瓦拉39岁。在遥远的哈瓦那，他的妻子阿莱伊达从睡梦中惊醒。

从此，格瓦拉的埋骨之地成了拉丁美洲最大的秘密之一。人们持续对这个秘密发出探寻。萨里纳斯将军不得不每年接受众多采访者的拜访。

而格瓦拉的日记也已经和欧美嬉皮士运动时，达摩流浪者杰克·凯鲁亚克的《在路上》一样有了相似的功用。

2000年，上海的话剧导演张广天，一个戴着黑框眼镜的胖子，导演了话剧《切·格瓦拉》。这部话剧引起巨大的轰动，一时成为知识界和思想界讨论的焦点。

在“格拉玛号”一幕中，这位导演兼吟唱诗人坐在舞台高处，抱着吉他，“向台下喷吐着先锋的烟雾”。

2007年7月，师永刚编辑的《格瓦拉语录》在中国大陆出版，首印即两万册，不久，台湾版也上市了。更早的时候，师永刚还编辑了《切·格瓦拉画传》，前后共印刷了6万册，在台湾的诚品书店，这本书连续六周出现在畅销书榜。

2004年，根据格瓦拉的《旅行笔记》，导演沃尔特·萨雷斯拍摄成的电影《摩托日记》，荣获了戛纳电影节金棕榈奖和奥斯卡最佳音效奖（在他所终身反对的美国，一部描绘他青年旅行的电影得了最高奖，这无疑是历史开的小小玩笑）。在无数文艺青年中，这部电影受到了热烈的欢迎，扮演年轻格瓦拉的演员盖尔·加西亚·贝纳尔也随之声名鹊起。

四年后，史蒂文·索德伯格编剧并导演的传记片《切·格瓦拉》上、下部再次获得成功，导演用了四小时零十七分钟讲述了切和一群古巴流放者在1956年从墨西哥到达古巴，推翻独裁者巴蒂斯塔的统治，直到他在游击战中死去的故事。饰演切·格瓦拉的本尼西奥·德尔·托罗成为了2008年第六十一届戛纳电影节的最佳男主角，而这部电影也获得了戛纳金棕榈奖的提名。

怪异的是，这两部广受欢迎的电影，其投资商都是格瓦拉毕生反对的“美帝国主义”。

今天，格瓦拉无处不在：T恤衫、杯子、挎包、杂志封面、论坛头像……购买和使用他的人无须了解格瓦拉是个什么样的人，哪怕把他当成卡斯特罗甚至汤姆·克鲁斯，只要有这个头像出现，就获得了一种引人注目的能力。他意味着另类，意味着反叛，意味着一种桀骜不驯的姿态。除此之外，他跟可口可乐和迪士尼乐园有什么区别？

他的肖像已经从反抗的象征，变成另一种全球流行文化的标志。切·格瓦拉为庸庸碌碌的日常生活提供了一种逃离现实的意淫。就像人们从便利店买回一本户外旅行的杂志，想象一下雪山和草原，然后继续为加班、堵车和孩子的奶粉钱而苦恼。

半个多世纪前，年轻的格兰纳多习惯称呼好朋友的绰号“切”，那时格瓦拉的名字还是埃内斯托，与海明威一样，这注定是个属于真男人的名字。

今天，“切”确实没有被人出卖，他被成千上万的人消费着。

在这个数字时代，由密密麻麻的历史数字和社会数字共同浇筑而构建起的格瓦拉，面目已日渐模糊。

光阴无风自动，诗酒当趁年华。若时光真能在某个平行时空停留，那应该是1951年12月29日。彼时，大地辽阔，世界高远，群山连云叠嶂。远处人家炊烟袅袅，牛羊正晚归。晚霞如万马奔腾出山，两个青年驾驶一辆破旧摩托，衣袂翩翩，自天边而来。

附录：

然而后来我在想，当漂流的木头被潮水冲上它梦寐以求的沙滩时，它是否真的有权利说“我胜利了”呢？

——格瓦拉日记

格瓦拉是位非常了不起的人物，他宁肯放弃优裕的生活（他生活在阿根廷中产阶级家庭），带着严重的哮喘投身于自己的理想事业。

——法国哲学家萨特

让我们面对现实，让我们忠于理想。

有人说像我们这样的人是理想主义者，总是想着一些不着边际的事情，所以，我要第一万次地说：是的，我们就是这样的人。

这辆摩托车承载着旅行者全心全意想要了解大千世界的心情，如风般自由地行驶在路上。

——格瓦拉语录

Part 4 一夜听雨待初霁

老鼠

/陈依妮

（一）

第一次见老鼠的时候，她还留着长头发，长得匪夷所思。她在讲台上煞有介事地做自我介绍时，半米长的马尾随着丰富的肢体动作左右摆动，让我不禁联想到骨瘦如柴的老道士手里那根装模作样的拂尘。

她用带着浓郁地方特色的普通话自我介绍说：“各位同学好，我叫卢晟，然后因为我很黑，你们可以叫我老鼠。”尽管那时的我一直纠结于“黑”和“老鼠”之间有什么不为人知的因果关系，但我觉得她挺酷的。不仅仅是因为在那个女孩们都开始用洗面奶，希望自己看上去更天生丽质的特殊时期，她对于“黑”这件事表现得相当坦荡。更重要的是，虽然同为十七岁根正苗红的好青年，但显然她在身高上开了外挂，所以这种仰望的特殊视角让我每次看她的时候都会觉得格外神奇与自在。

（二）

和老鼠成为好朋友是挺偶然的事。

班里那时有个姑娘叫周洁，长得算不得漂亮，但莫名地招人喜欢。班上一半的男同学都在暗地里喜欢着同一位女孩。当时她跟我关系最好，但说真的，我打心底里恶心她。在别人眼里恰到好处的礼貌和慰问常常在我这儿成为厌恶的根源。但我这人特没主见，每次周洁温柔地拍拍我的肩膀细声细语地说：“程遥，咱们一起去食堂吧。”我就会马上为自己阴暗的想法内疚到不行。但谢天谢地，估计是老天爷

也不想再让我憋屈下去了，他特地派班主任把周洁喜欢的男生调到了我的座位后面，而就在那个男生试图用“日久生情”这一说法来感动我的同时，我与周洁的友谊也走到了尽头。

只记得那天晚上是我自己回的寝室，走到半路时，身后传来风风火火的脚步声，还有双肩包里课本胡乱碰撞的声响。我回过头，看到老鼠咧着嘴巴向我挥手示意。我一直觉得她是那种出场自带背景音乐《上海滩》的人，说白了，就是那种又土又嚣张的感觉。她跑到我身边后，一把勾过我的肩膀：“程遥，就算全班人都跟周洁一样背叛你，我也会站在你这边的。”说话间握着我肩膀的手用了用力。我抬头看她，就算在灯光下她还是黑得无可救药，但厚刘海下的那对小眼睛却闪烁着理性正义的光辉，大概为了显示自己的真诚，她特地冲刚经过的周洁翻了个巨大的白眼，那一刻我觉得她更酷了。

为了回应老鼠的表白，当天晚上熄灯后我向她发出了热情的邀请，于是我们在不足两平方米的小床上艰难又艰难地度过了一夜。我们从周洁体育课上露出的白色背心带子聊到英语老师枣红色的碎花打底裤；从学校食堂最难吃的小黄鱼再聊到柏原崇粉红的嘴唇。在短短几小时内以不可置信的速度建立起深厚的友谊。

要非得给那个夜晚来点传奇色彩的话，一定得是窗外的天空。我的床位正靠近窗口，又因为是上铺，一侧身就可以看到半边天和学校尚未修建好的塑胶跑道。那是记忆里少有的漫天繁星的夜晚。总觉得每颗星星之间的距离都是恰到好处的，光亮由无数的小光点汇聚起来，流淌，一直流到夜色最浓处。细碎温暖的光点闪亮在天边，水泥地上，老鼠的睫毛上弯。她在不知不觉间已经枕着星光入睡，显示出少有的可爱。我掖紧了被子，艰难入睡。半夜依稀觉得有人抚弄我的刘海，许是做梦了。

（三）

和老鼠成为好朋友不久，她剪了短头发。用她自己的话说，她喜欢上了技校一个姓王的男孩，那个男孩高高瘦瘦，留着刘德华式短发。总之，都恰巧避开了我的特质。我对于她口中不明所以的王小伙以及忽然剪短发的行为一致报以不看好的态度，而她每次都会将那头短得难以置信的头发甩得更用力作为对我的控诉。我在洋溢着薄荷味洗发水的空气里翻着一个又一个巨大的白眼。

老鼠剪完头发没多久，冬天就来了。这个冬天以势不可挡的架势侵袭了城市的每一个角落。老鼠患有严重的鼻炎和关节炎。所以一整个冬天她都在不停地接热水，喝热水，吸鼻涕，擤鼻涕中度过。我偶尔回过头看看她，就会发现她蜷缩在厚重的橙色羽绒服里，只露出一个小小的脑袋。大多时候她都呈放空状，只有少数时候会冲我摆摆手，为了证明她没有被这恼人的冬季杀死。

好在这个冬天虽然气势汹汹却十分短暂。虽然我过得比老鼠好不到哪里去，然而脱下冬季校服时仍有种意犹未尽的滋味。气温开始回升，英语老师早早地换上了大红色开衫和嫩绿色碎花小短裙，随着窗外吐绿的新芽，老鼠也渐渐恢复了生命力。最起码她能一边擤鼻涕一边用奇形怪状的词汇形容她一整个冬天不堪回首的遭遇。她时常俯下头趴在我肩膀上有气无力地说："程遥，等我感冒好了，带你去拯救世界。"这个时候我往往会一把把她的头推开："滚。"

令我没想到的是，在某个不起眼的放学后，她兴冲冲地拽着我抄小道溜出学校，从五里巷的汽车维修铺子里推出一辆苟延残喘的摩托车，一副老子天下第一的表情，扬扬得意道：

"敢不敢？"

"疯了吧你，晚上班主任驻班！"

"靠，你怎么什么都不敢啊。"

于是我的大脑在那几秒内进行了几百万次的高速运转，分析了各种利弊突发状况以及可能的后果之后，我快速地跳上了摩托车后座："你他妈赶紧的！"

（四）

后来我每每回忆起那个原本无聊到让人生厌的下午，老鼠带着我穿行在白川的巷子里。我把头趴在她背上的时候才发现她是真的很瘦，我甚至怀疑透过那层薄薄的皮肤就可以听到她血液里流淌的不羁与悲伤。风钻进她的校服里，吹得胀胀的，让她看起来像一根蓝色的真知棒。我从后视镜里看她，额前稀疏的刘海在空气里无助地飘摇。因为鼻炎未彻底痊愈，她一下一下地吸着鼻涕。鼻头泛着羞怯的红色。这个时候把画面交给王家卫就好了，他一定比我更懂怎么把光线和老鼠的脸柔和地融在一起，或者给她鼻梁投下的阴影和紧抿的嘴唇来个特写，怎么说都有种世纪末的悲怆味道。

她带我到了普江。

那个时候普江还只是白川最南端一个静谧遥远的存在。政府刚下达政策，准备大刀阔斧地改造这一带，发展成为白川最具特色的商业中心。然而现在她只是被一些没有人情味的警示牌重重叠叠地包围着，依然散着沉着婉转的美好。灌了几十分钟的风后，我有些头昏脑涨。彼时天已经义无反顾地黑了下来，只有江上的汽船在亮着疲惫的灯火。

老鼠从摩托车后座下面抽出两听啤酒和一袋麻辣凤爪，拉着我穿过警示牌，坐在江边的堤坝上。

"要不要？"

她摇了摇手里的啤酒，我接了过来。那是我人生第一次喝酒。黄色新鲜的气泡在口腔里爆炸，泡沫在唇齿间流转后混着唾液奋不顾身地淌进胃里。金属罐的冰凉透过皮肤混到血液之间，特别冷。说真的，太难喝了。但为了不让老鼠扫兴，还是干完了半瓶。

“别光顾着喝啊，吃，我的最爱！”说话间她就抓起一只凤爪直往我嘴里塞。

就着半江的月色，和着啤酒与清风以及粗糙的麻辣凤爪，不一会儿我就饱了。

转过头看老鼠，她在略带寒意的春风里一边咕噜噜地喝着啤酒，一边猛烈地吸鼻涕。还不时在颤抖间吐出几个“爽”字。总算喝完后，她意犹未尽地咽了一口口水，手里把玩着空啤酒罐，然后呆呆地望着江面，也不说话，像消失了一样。

我看到红的黑的黄的灯，空气里流转的告别与不安，普江里翻腾的春意，都一齐撞碎在她的眼睛里。我这时才发现，她一直比谁都孤单。

“程遥，你过来一下。”

我把头凑了过去，没想到她在我的脸颊上飞快地留下了略带醉意的吻。

“靠，有病吧，干吗亲我！”我一拳打在她的背上，她被猝不及防的袭击吓得直咳嗽，又冲我翻了个白眼：“不至于吧。”我没理她，望着自己有气无力地耷拉的脚发呆，老鼠揉了揉自己的后背，也陷入了沉默里。

“老鼠，这种时候要是有热牛奶喝就好了，小时候那种，橡皮塞，玻璃瓶。”我转过头，呆呆地望着她头顶的灯火。

“神经病。”她说。

回去后可想而知，一向对我器重的班主任第一次在我面前说出那些让人尴尬的词汇。而老鼠则一个劲地道歉，仿佛这件事是我被逼无奈一样。原谅那时的我自私又怯懦，于是把过错也顺理成章地推到她的身上。回宿舍的路上我们一句话都没说。直到熄灯后，老鼠悄悄钻进我的被窝里：“程遥，你别不理我。”

后来我们也有很多的争吵。我对成绩的在意以及处事的圆滑常常惹来老鼠的鄙夷。而每当她兴致勃勃地跟我说起她校外的朋友们以及他们彻夜地喝酒和飙车时，我也会大发雷霆。但我们每次都会和好。我们彼此撕扯又抚慰对方的伤口。最后在每个闪亮沉默的夜里相拥入眠。

（五）

高三以后时间过得越来越快，几乎与英语老师的换衣频率成正比。

交好的同学间开始互相交换理想的大学，再彼此加油打气。空气里多了些焦虑和凝重，光看着作业栏上的习题量就让人瞠目结舌了。每个人习惯性地故作轻松地开玩笑，却都在暗地里努力复习。除了老鼠。

她照例在每个没有老师的晚上溜出学校在白川的各条街上游荡，和她的朋友们谈笑，说着低俗的荤段子，灌下一杯又一杯的酒精，她管这叫自由。因为家底厚，任课老师尽量睁一只眼闭一只眼，只有英语老师毫不买账。在一次她抛出一个连我都不会的英语翻译后，从容地说："卢晟，你起来回答一下。"老鼠表现得相当坦然，她不紧不慢地站起来后，一字一顿地说："我不会。""不会？不会你上课都在干什么，叫你到学校里是让你玩的啊，你这人有没有羞耻心啊？……."终于在英语老师吼出那句"要上就上，不上就滚"后，老鼠摔门而出。只留下兴奋的英语老师骂骂咧咧地没完没了，我捂着心脏，觉得它随时都会从我口腔里跳出来。

在那之后我就没见过老鼠，她就像一年前忽然转学到我们班一样，而现在，她又莫名其妙地消失不见。座位上的书还是老样子，我一度觉得有一天老鼠会忽然从后面跑上来，从容地勾过我的肩膀，用她毋庸置疑的自信口吻说："程遥，吃饭去。"

再见到老鼠就是两个月后的事情了。那天我在校门口的光荣榜看月考排名，正为自己不尽如人意的成绩暗自难受时，听到校门口传来“程遥程遥”的呼唤声。接着我就看到了老鼠。她示意我轻点过去，我望了一眼正在打盹的门卫，心领神会。然而我看着她，什么话也说不出来。她从包里掏出一瓶牛奶，塞到我手里。

“程遥，我刚刚还准备抄小道溜进来，结果发现居然封了，想试试运气，没想到咱俩心有灵犀啊，哈哈。”“其实我早就不想读了，还要谢谢英语老师呢，对了，我现在在普江，就以前咱俩去过的那里，在旁边的一家店打工，闲职，反正我家有钱，就当玩。”“不过我最舍不得你了，你看你这么矮，抢饭怎么抢得过别人……”

阳光里我看到她穿了一双黑色的高跟鞋，闪着廉价细腻的光泽，头发虽然还是这么短，却染成了暗红色，不仔细看看不出来。她依然那么瘦，又或许比以前更瘦了，我不太清楚。

“喂！那边的，在干吗？”门卫指着老鼠，气势汹汹地冲了出来，老鼠作势要开溜，她加快了语速：“程遥，有空，哦不对，高考，高考后来普江找我，我带你玩遍白川所有好玩的。”她向我挥了挥手臂，最后踩着高跟鞋，迈着那样熟悉的步伐，在无数次的回头后，最终消失在了浓重的夕阳里。

“那个女同学，把你手里的东西拿来，校外人员的东西不能拿。”年老的门卫用半带威胁的口气说道。我死死攥着，不忍脱手。“跟你说呢，快点。”说着就要夺过，我试图护着那瓶牛奶，牛奶瓶却在争夺间脱手，撞在地上，粉身碎骨。“没见过你这样的学生！”门卫恶狠狠地瞪着我，念叨着转身去拿扫把。我望着白色的液体渐渐濡湿那一片水泥地，终于忍不住号啕大哭起来。

很久以前，老鼠也在夕阳里留给我过一次挥手。那是一次我最痛恨的八百米测试。老鼠一直遥遥领先，却在最后关头停住，她在夕阳里冲我挥了挥她的长手臂：“程遥，快点！”我抬起头想捕捉她的身影，却被阳光刺痛了双眼。

（六）

高中的最后一个夏天，弥漫着绝望和新生的气息。

走出考场的时候还有种不太真实的感觉。我闭上眼揉了揉太阳穴，想着等会儿搭11路车去普江，不知道那里的夏日是不是也这么美丽又倦怠。

再睁开眼却看到了柏油路对面的一个女孩儿，她就这么站着，自由又美好。然后她冲我挥了挥手臂："嘿，程遥。"

说真的，我觉得我们从未分开过。

自然卷男孩

○ ●

/羽西

雨天到来的时候，雨水一个劲儿地砸在道路上。小尹在人群中逃荒一样地跑着，匆匆来到家门前按了门铃。阿桃开了门，见是小尹，便大声地笑起来。小尹知道妹妹又在笑话自己的头发了。

小尹冲进浴室，替换下了一条淋湿的牛仔裤，水从裤脚缓缓滴下，他伸手抓来一条毛巾在自己脑袋上狂搓着。这个夏天，他的自然卷又长了很多。小尹看着镜子里的男孩，真不知道什么时候自己的头发才会像正常人一样。

妈妈和小尹说过，自然卷是天生的，说明小尹是个很不同的男孩，会很优秀的。而爸爸说，男孩子是不应该有自然卷的，应该要剪掉。

下雨天其实是小尹很喜欢的天气，清清凉凉的，院子里的小雏菊会开出星星的小黄点，有很多蛞蝓——外表像没有壳的蜗牛，会在藤蔓上慢慢地扭动。小尹喜欢自己一个人趴在窗台上看这些小东西。有时发呆，有时也看看路过的汽车车前都有什么样的标志，猫咪哈了一下嘴巴，太安静了，自己就会悄悄睡着。阿桃却讨厌死了下雨天，妈妈给自己新买的花裙子不敢穿，刚洗的袜子挂在阳台上老是不干，自己的辫子也没有梳成平日一样的小羊角，阿桃在雨天不高兴的时候都会在窗子上放一只晴天娃娃，因为自己不够高，所以挂不到屋檐上。

小尹觉得好玩，常常把阿桃的娃娃藏起来，阿桃找不到就会哭，小尹这时笑着对妹妹说：“如果你以后不笑话我的头发，我就有办法找到你的娃娃了。”阿桃眼睛圆溜溜地盯着小尹，很听话地点头。小尹说：“光点头还不够，你要保证。”阿桃问：“怎么保证？”小尹抬起一只手放在额头边比画着：“像这样，然后说：‘我再也不讲哥哥的头发了。’”阿桃也学着这种电视上经常用到的发誓的手势，重复了一下小尹刚才说的话。小尹叫阿桃蒙上眼睛，这样娃娃才会跑出来。阿桃没照做，她透过手指间的缝隙看见是哥哥把自己的娃娃拿出来的。她叫了起来，跑到妈妈那儿告状了。很快，厨房里传来妈妈的声音：“小尹，这么大了，要懂事，别老欺负妹妹。”小尹想怎么是欺负了，只是不想让阿桃笑话自己而已。

小尹抓着自己的头发，卷毛越来越长，真是苦恼。他拿来妈妈平常用的离子机小心地把头发压直，弄了好一会儿，照了一下镜子，小尹笑了，感觉自己又变成正常人了。可是，老是这样小尹心里总不舒服。因为去上学的时候总不能带着离子机去吧，老师会没收的。小尹还记得每次雨天到学校同学们总是笑出声来，说自己是个怪胎。初二了，小尹不想让人这样说。

一天小尹走在路上，天空闪了几道闪电，然后雷声“轰隆隆”地响起，听起来像广场上氢气球爆炸的声音。小尹心里嘀咕着，回家的路还没走到一半，自己究竟要不要跑呢？真害怕跑回去的时候阿桃又笑自己，然后听到爸爸说要把自己的头发剪光。小尹是很喜欢自己的头发的，感觉它们是身体的一部分，要好好爱惜。但是又讨厌极了变成卷发后的它们，小尹总觉得自己的心里有两个鬼在打架。

豆粒大的雨点很快就落了下来，整个街道、商店、行人越来越模糊，一些流浪狗蜷缩在店铺外沿的雨棚下，小声地叫着。小尹用书包挡在脑袋上跑进一个废旧的墙壁后面，他整了整衣服，然后甩甩头发，雨水滴嗒嗒落到脚下的青苔上，泛起湿湿的绿光。他突然看到藓草边还站着一个人，穿着校服，细细瘦瘦的，像根竹签，戴着眼镜。小尹一下子呆住了，他看到那个男生的头发竟然和自己一样，是自然卷耶。男生的脸上也露出小尹那样傻傻的表情，像一个人对着镜子看着自己。两个人都笑了。小尹说：“我叫小尹，很高兴认识你，你叫什么呢？”男孩露出两颗小虎牙，说："我叫阿然，我们的校服都一样，应该是一所学校的吧，我在初二2班。"小尹说："我在初二1班，只隔了一堵墙，为什么都没见过你呢？"其实小尹心里是在想和自己一样特殊的人怎么之前都没听说呢。男孩回答："我是后来转进来的。"小尹坏坏地笑着，嘻嘻，这下总算有个人下雨天时会和自己一样了，自己再也不是特殊的一个人了。

小尹只叫阿然竹签，说他太像竹签了。阿然没有反对，只是笑着。和小尹不一样的是竹签的头发从来没有拉直过，他有次问小尹："为什么没下雨的时候你头发总是直的呢？"小尹靠着竹签的耳朵小声地说："是用了妈妈的离子机压的。"竹签说："可是老是这样头发会坏掉的。"小尹眼睛眨巴眨巴地看着竹签："那你习惯自己的头发一直被别人嘲笑吗？"竹签点点头："嗯，习惯了。"其实竹签习惯的事情可比小尹多多了。他习惯了在晚上爸爸妈妈不在的时候，自己一个人睡；习惯了早上起来不用爸爸妈妈叫；习惯了一个人到市场买完菜回来自己做，虽然做的只是些像青瓜豆腐、番茄炒蛋这样的简单菜，而这足够让小尹感到惊讶。但是竹签从来没告诉小尹这些。他只对小尹说自己爸爸妈妈每天都在工地上上班，没有时间照顾自己。小尹拍拍竹签的肩膀，说："哇，原来你爸爸妈妈这么厉害的，城市的高楼大厦都是他们建起来的。"竹签听了却怎么也高兴不起来。小尹又拍了一下他："那你有时间就到我家玩吧，我还有一个很坏的妹妹呢，叫阿桃。"

阿桃很喜欢竹签，她觉得竹签的两颗虎牙真好玩，又白又大，做成项链戴着去上学学校的人都会很羡慕的。每次竹签来的时候，妈妈总是做很多菜，有糖醋鱼、煎蛋卷、蒸粉肠和一些水果蜜饯，竹签说他很喜欢吃。阿桃问："阿然哥哥，你妈妈不做菜吗？"竹签突然说不上话来，妈妈在一旁对妹妹做了一下手势。竹签说："我爸爸和妈妈基本上白天都不在家，要到凌晨一两点回来，很快便又走了。"小尹连忙夹了些鱼肉到竹签的盘子里，说："这些都是我妈妈的拿手菜，很不错的。"妈妈看着小尹，转头对阿桃说："看，你哥哥现在比阿桃懂事多了。"阿桃摸着圆圆的小脑瓜子，不知道为什么妈妈要这么说。小尹笑了笑。阿桃突然又说话了："阿然哥哥你如果想每天都吃到这些菜，就要天天来哦。我很喜欢你的。"竹签愣愣地看着眼前还没满七岁的小妹妹小脸红了一片。阿桃继续说着："我很喜欢你吃饭时露出的两颗小虎牙，改天能摘下来送给我吗？"说完，全家人一下子笑得合不拢嘴。

雨天不上学的时候，小尹发现竹签也喜欢靠在窗台边，听雨水从屋檐上滴落的声音，听雨打芭蕉的噼啪声，听小湖唰唰的涨水声，听门上的铜环生锈的滋滋声。小尹问："竹签你为什么也喜欢雨天呢？"竹签回答着："因为下雨的时候工地停工，爸爸妈妈就会待在家里陪我了。我以前经常会爬到爸爸的背上，让他带我满屋子转着。妈妈那时也常会教我唱一些老家的歌谣。""老家？在哪儿呢？"小尹问了一句。竹签说："是南方海边的一个小村子。"这下小尹睁大了眼睛："能看见海？"他很激动地看着竹签。"对，有很蓝很蓝的海，很大很大的太阳，还有渔船，灯塔，沙子，螃蟹和白色的贝壳。"竹签高兴地说着，不时又露出可爱的小虎牙。小尹的眼睛闪亮闪亮的："那大海的味道是什么样的呢？是真的和盐一样吗？"竹签拉过小尹，让他凑着自己的手臂闻了闻："就是这种味道。"小尹闻到竹签的身上有淡淡的咸湿味，是不同于汗气的味道，带着浪花的香味。"可是，自从爸爸妈妈带我到北方来之后，都看不见海了，真想有一天回去再看看。"竹签沉默了一下，又笑着抬了抬那副架在鼻梁上边框快脱漆的眼镜说："对了小尹，我来给你唱唱我们那边的歌吧。"小尹开心地点着头。竹签扯了扯嗓子，又停了下来看着小尹，"不过我唱得没有我妈妈好听。"

是南方海边的渔歌，用方言唱的，竹签一遍一遍很认真地唱着。但是一旁的小尹还是听不出什么，只是觉得竹签的声音很好听，这些在电视上都听不到。

小尹发现和竹签在一起的时候自己都很快乐，可以在头发淋湿后不用害怕被人看到，可以不用妈妈的离子机，可以嬉笑着和竹签互抓彼此的卷发，比比谁的头发究竟更长一些。可以讨论起可恶的语文老师又布置了多少篇难背的课文，可以在背后笑那个当学习委员的女生最近满脸疯长的像草莓一样的痘痘，可以商量着什么时候两个人一起到公园里抓天牛、蛐蛐和七星瓢虫，可以那么快乐，忘记很多烦恼。

小尹对竹签说："有你在身边真好，感觉自己像个正常人。"竹签敲着小尹的头："不要老是觉得自然卷有什么不好，我们都是正常人的，一直都是。""那你会一直在我身边吗？我们是要做最好的朋友的，对吧？"小尹凝神盯着竹签说着。竹签刚想开口说些什么，突然间又沉默了下去，过了很久才看着小尹，说："我也不知道会不会一直在你身边，因为爸爸妈妈的工作总是不稳定，当城市的楼房盖得差不多的时候，小尹，我应该就要走了。"小尹摸了摸竹签的卷发，然后又挠了挠自己的自然卷，一时也不知道该说些什么。窗外的雨水这时倒是小了很多，风里翻飞着某种树的叶子，像一只只准备离开的蝴蝶。

城市的雨天似乎变得漫长起来，潮湿的气息覆盖着每个角落。积木般的高楼越建越多，每两三天就会有一座新的大厦封顶，这让小尹充满了担心，他看看天空，似乎永远都是一种暗淡的灰色。

小尹没想到雨水又一次降落在自己头上的时候，竹签已经离开了这座城市。是不告而别的，小尹一下子很恨竹签，为什么走的时候也不和自己打声招呼呢，亏得以前还说要当永远的好朋友呢！想到这些，男孩的鼻子酸溜溜的。

那天，小尹坐在教室里看到窗户边走过几个人，里面就有竹签的身影，他跟在一个皮肤黝黑、神情恍惚的女人的身后，脸上好像十分悲伤，小卷毛耷拉地下垂。竹签也往小尹的教室看了看，但还没有找到小尹的人头时就把视线转了回来，很快就和他妈妈消失在了小尹的视线里。是出什么事了吗？因为还在上课，小尹并没有走出教室去问竹签，只是在心里嘀咕着。

一个星期后，小尹一直都没有看到竹签。他感到很奇怪，走在路上看了看竹签以前用手指的爸爸妈妈工作的那个工地，发现大楼还没盖好，心想着竹签应该没有离开这里。因为小尹记得竹签说过，当城市的楼房盖得差不多的时候他才可能离开。小尹想去找竹签，这时他才想起来竹签从没告诉过自己他住在哪里。小尹心里很着急，就想回学校问问竹签的班主任。城市的天空此时又被乌云包围，乌云之上是硕大的雨粒，风抖一抖，天空就会落下倾盆大雨。小尹很努力地往学校跑着，突然心里像缺了什么，很伤心。

到达老师办公楼的时候，小尹知道自己的头发又卷起来了，玻璃模糊地映出他的样子，像一头小狮子。竹签的班主任是位年轻的女老师，正在批改作业。她抬头看了看小尹，“扑哧”一声笑了。小尹说：“老师好，我是1班的唐小尹，是阿然的朋友。”女老师用手指了一下旁边的位置，示意小尹坐下。小尹腼腆地摇了摇头，说：“老师，我想知道阿然住在哪里，您有他家的地址吗？”女老师抿了一下嘴，然后看着小尹，说：“阿然已经和他妈妈离开这里了。”小尹怔住了，他想着以前竹签说过的话，一瞬间心里凉凉的，他不知道竹签为什么要骗他，不是说好城市的大楼盖得差不多的时候走吗，为什么要这样？女老师拿过案台边的水杯，喝了一口，继续对小尹说，“是这样的，阿然的爸爸在工地上出了意外，摔断了一只胳膊。住了几天院后，他觉得城市的住院费和医药费太贵，就想回老家治疗。所以就让阿然的妈妈来学校把阿然带走了。”女老师说完呵了口气，又拿起水杯优雅地喝起水来。

小尹在回家的路上呆呆地走着，没有顾及发卷的头发，雨水把路旁的树木滴得像抹了油一样鲜绿。一些人撑伞走过，不时也会停下来看看小尹。小尹感觉自己就像丢了一件最好的玩具，雨水打在他小小的手心上，很凉。他突然想起以前竹签在雨天唱的那首歌谣，歌词记不清楚了，但曲子还记得。小尹哼了几句，小脸上悲伤的情绪再也撑不住了。双眼很快变得模糊起来，小尹觉得一定是雨下得更大了。

冷空气定居在城市上空以后，雨水渐渐少了，只是风中叶子们飘落的声音听上去倒像是下雨。小尹马上要上初三了，开学前，他把自己的头发全剪了。这当然并不是爸爸要他剪光的，而是小尹自愿的。他想起竹签说过，自然卷并没有什么不好，是很正常的。所以小尹就决定要把自己之前用离子机压过的头发全都剪掉，让新的卷发重新长出来，自己要留一头纯粹的自然卷，再也不要妈妈的离子机了，即使到了下雨天也不要。

很快小尹的头发又长出来了，翘翘的，卷卷的。小尹站在镜子前摸着它们，第一次觉得原来自然卷这么可爱。他笑了一下，突然又轻轻地对着镜子里的男孩抽了下鼻子，说："你什么时候还会出现呢？什么时候还会来呢？"

窗外下起了这个冬天的小雨，阿桃把妈妈新买给她的晴天娃娃又摆在了窗前。

Part 5 最是人间留不住的时光

飞行时差

/炙蒸

你是叛离的眼，逆行的路。

1

她一度消失在漫长的旅途中。

她睁着眼，望向从拉不严密的窗帘中渗入的青灰色的天光，确信自己已经从冗长的梦境中逃离出来。

急促的呼吸在胸腔中不安分地起伏冲撞，过分的安静在耳膜上压迫出蜂鸣声来。

她在时光之眼中看见了过去，不止一次地想要描述那些熟稔的旧时场景。

我在她的记忆中发现潜藏的门，掩埋着她年轻的自述。

2

记忆的框架构建在狭窄的巷道与阁楼外架低的天线上，它的特征是被分割得不匀的视野和风尘的街井邻里，厨房玻璃上附着着多年的油烟积淀成的黏腻的黑垢，每天早上定时被家庭主妇放在门口的垃圾袋在地板上印出一大摊难以洗刷的污渍，它们像滤镜一样过滤掉了大量刺眼的光，剩下的是和旧电影中那样泛着柔和的氛围。每一个动作和声音都能被拉展得很长，然后在它的末尾模糊地消失。

一帧一帧都如同在药水里被泡久了而显出曝光不足的底片。

它难以在实际中长存，也存留不住时间的斑纹。

像是残留在她眼中的光。

3

我在外祖父的照看下长大。

外祖父曾经也是英俊伟岸的男人。照片上的他年轻气盛，对着镜头站得笔直甚至因为紧张而显得僵硬，明明想装出严肃的表情却绷不住脸上的笑意，我猜测他的过去，安排无数情节，最终走不出那个“文革”刚结束的时代大背景。他也经历过青年时的激奋与创伤，然后渐渐地被生活磨砺成性情温和而谨慎的男人，呵护着他的妻子与孩子。我总是把他的讲述与他闲来无事告诉我的与他无关的故事混淆在一起分辨不清。而现在的他已经年迈，丧失了锐气，变得更加寡言和温和，陪伴他的始终是竹藤编织的摇椅和从早到晚的收音机。那些电波环绕成的磁场禁锢了他的全部，把他逐渐推向更加静默的世界。标准的普通话播音语速飞快，让人想要昏睡。

我生命的一小部分留在了同他一样佝偻低矮的房子里，终日陷在沙发里看着百无聊赖的动画片与电视剧。夏天的旧式风扇转动时因为零件缺油而发出很大的噪声，于是摇椅嘎吱的声、楼道里邻居们拉家常的声、收音机以及电视的嘈杂声都被卷入了不知疲倦的旋转中。像绕着宇宙中心旋转的星体，匀速缓慢地朝着一个看不见的方向转动推进。时间变得概念不明。他仍然溺爱着我，除了用他不擅长的语言之外的一切表达。比如端下柜子上我够不到的糖果递给我，并且不会因为怕我蛀牙像父母一样计较而加以限制。他的手因年老而颤抖不止，有时会把它们全部打翻在地，零散的如同从阁楼窗户投射下的斑驳的光，异常温暖。

4

晨光异常温暖。

她完全清醒过来，被安置在最角落的病房里，总是得不到更多的光照，消毒水的味道低浮在空气中，充斥着房间的空旷，那是与光线截然相反的存在，在微尘中折射出寂然的冷色。她身上接着各种仪器和输液的管子，艰难地偏过头朝着窗外。幼小的孩子在庭院里嬉闹，他们身着宽大的条纹病号装，把头发剪得很短，踉跄地彼此追逐。

5

那时的我热衷于坐在楼梯上用手指一块一块地抠掉已经半剥落的墙皮，也无意识自己正在做的事是否有价值并且乐此不疲。扬起的白灰在成束的光线中轻盈地旋转落下，眯起眼睛就能观察到清晰的轨迹。这是我日后觉得稀松平常，在当时却惊奇万分的物理效应。然后我看见她从两截楼梯拐角处的矩形透气窗中探出大半个身子，然后回过头来叫我。窗棂在她白色的衬衣上留下一道明显的灰色痕迹，笑容在她的脸上显得呆滞生硬，仿佛是表情僵在脸上。她说："喂，你来看在这儿可以飞起来。"风把她的衣服吹得像鼓起的风帆，膨胀成不可揣测的欲望。我知道那些每天行色匆匆的大人们和尖叫着跑过她身边戏耍的小孩子们都叫她"疯子"，不管她是否听得见。

我不明白从他们嘴里吐出那样的词汇界定了一条怎样的界限使她不能逾越，在她身上留下名为"不同"的注脚，面对她的也永远是不变的讽刺神情，面具一样扣死在脸上。但是他们都说，这样的疯病会传染。

以各种谎言和恐吓为借口使孩子们疏远她，包括我在内。

男孩子们拉住她的辫子，从电视中学来的英雄情节在他们身上变质扭转成暴力的不安因素，他们起哄，压低声音地笑。在楼梯上推搡着她使她终于得到短暂的飞翔，她躺在地上大声哭叫着，眼泪从眼角滑过鼻梁，在脸上冲刷出一道白印。

他们一哄而散，留下她以及胳膊上的血肉模糊和令人厌恶的号叫，害怕的本能让我装作什么也不知道跟在离去他们的身后，不知愧疚。还没有分清是非对错，存在的观念里仅有自己是否喜欢能够接受来评定做出行动。

事后不出所料地没有人承认她的指认，她妈妈拉着她挨家串户地敲门，多是从楼道里传出叫骂声，大致如“她是疯子她的话怎么能信”。然后“砰”的一声用力关上门。态度好一点的不情愿地出来道歉，却还是把孩子严实地挡在身后，自己低下头，却不愿多说什么。随后便是传来几声轻微的关门声，阻挡了门后的风波。她没有吸取教训而且永远也不会，挂着绷带的她依旧笑得不知所谓。她背对我站在楼梯口指着阁楼的窗户，她说：“在那里可以飞。”

风很大，顺着狭窄的窗口汹涌而入形成强大的对流从身边穿过，一瞬间有种脱力的失重感，仿佛要飘起来，虽然那只是气流让人形成的错觉。她的话是浮夸的臆想，平行于现实世界的思维。我逃也似的回到了家，在那个被抽去了人声的世界里，只剩下光。

6

眼睛里的景象模糊得似乎只剩下光。

她不确定它是如何在这个空间里穿梭并且构成实体的存在，她沦陷在了回忆里扭转不过来，她看见了自己小时候的影子，在脑海里渐渐地凝聚起来。在生命的尾端里，她才能够这么清晰而执着地看到。

她想起了外祖父讲到过拜占庭和波旁，他说时间劫掠了它的存在，却始终摧毁不了帝国留下的铮铮傲骨。而这里的人和建筑正在以看不见的速度衰败下去，留下来的终会与我们渐行渐远，被新的一切取代。一截一截跳房子的白线横亘成遥不可及的洪荒，他的眼睛浑浊，神情难以猜测，只有温暖的触觉是熟悉的。手指因为关节炎而肿大，并且手背布满老年斑不再光滑，但在我头顶的抚摩依然是他独有的溺爱，于是又落回安静的氛围。

当她的生命也被时间取代成为脆弱的骨质，催磨成粉末逐渐消失，拼起凌乱的片段因公延续行将就木的身体。

7

我穿过狭窄的巷道，头顶是密集的电线。已经不需要慢吞吞地跟在外祖父身后，可以大步前行。她在楼阁笑，“再见。”她说。小姨抬起手驱赶她：“滚开！疯子！”那短短二百米的小道外，是我与这里交集的全部，过了这个交点，便距离越来越远，拉成不可弥补的差距。它被涂成光怪陆离的色彩，排列成宏大的建筑群与不息的霓虹与车灯，背景是交混在一起不能分辨的声响，覆没在耳膜上。我知道离开的是我再也回不去的旧时。

当时的想法在现实里重现，她与过去重合在了一起，外祖父去世后她终于和其他的人一样开口叫她“疯子”。她在日记里写道：“我知道我离开的是永远都回不去的旧时，那时我没能飞起来，以后也许再也不能够飞翔。”

8

她徒步在生命中，如同新生一样故地重游，她走得太远了，以致灵魂无法回归她的身体，像是正在经历着飞行时差，在过去与现在的交线上徘徊，那些莫名失去的时间与罅隙，承载的是飞行的重量。

再见2018

○　　●

/龚心远

“哥们，要手机不？”

我抬头瞥了一眼，说话的人背对着我，漫不经心地东张西望。

看来是个卖贼赃的。对于这种事我已经见怪不怪了，正好前几天手机屏幕摔坏了，不如就捡个便宜吧。

“拿出来看看呗。”我一挑眉毛，尽量保持语气的淡定。

“不用。”他转了一下头上的鸭舌帽，双手抄回裤兜，“您看那边等车的，您喜欢哪个，跟我上车，我给您顺下来，只收您300元。”

这个提议倒是吓了我一跳，不过对于我来说似乎没什么坏处。我应允了：“随便吧。”

“好嘞，给您挑个最好的。”

于是我跟着“鸭舌帽”上了48路公交车。

我姓陈。

这已经是个够普通的姓，20年前“皇览揆余初度兮”，给我取名叫“力”，偏偏我的伯父又画蛇添足地给我加了一个“大”字，代表了他对我寄予的厚望。然而20年来，我的名字既没有出现在电视、报刊上，也没出现在电影、小说中，使用频率最高的怕还是那些在人身下娇喘的陌生女子。

但其实我并不是一个如我名字那样普通的人。

我的视力远超于常人，不仅指能见度，而且我可以自由控制所能看到的事物的流逝速度。简单来说，犹如慢放快放。

于是我看到了“鸭舌帽”在拥挤的公交车上犹如泥鳅一般从前门滑到后门，在经过一个年轻人的时候，他的左手动了。

在旁人的眼中，“鸭舌帽”的手指只是在那人的口袋上轻轻地划了一下。实际上他的两根手指已经伸到了那人的口袋里面。然后他的手指把手机夹了出来，紧接着手臂上移，手机顺势滑进了袖口。动作之快令我都为之吃惊。

小时候有个算命先生在街上看见我，非要拦下我父母，说是免费给我算一卦。他一语道破了我眼睛的特殊。

先生说：“你瞎了三辈子，所以这辈子还的。”

我说：“那多好，这辈子多开心。”

先生说：“你不知道你上辈子的苦。”

我说：“那我下辈子呢？”

先生说：“还是个瞎子。你这样的能力，三生一个轮回。”

我说：“那三百年才能再出一个我了？”

先生说：“不是三百年，是一百年，你的三世总共一百年。”

说完这话，那个算命先生被我身强体壮的父亲一顿暴打，“通晓天地”的旗子也被扯烂了。

不知为何，此刻我又想起那段已经很模糊的事了。

“鸭舌帽”走到我身边，给我使了个眼色，我目不斜视，看着窗外飞逝的高楼广厦。

5分钟后，48路靠站，我第一个走了下去，“鸭舌帽”也跟在我后面。

“等等。”我心一悸，回头发现被偷手机的那人也走了下来，他手按着“鸭舌帽”的肩膀。

“怎么？”“鸭舌帽”处变不惊地仰起头。

“手机。”那人的语气不见波澜。

与此同时，48路的车门重重地关上，载着不知情的人们开往幸福。

“鸭舌帽”没有继续装糊涂，果断地拿出了手机。

那人接过，丢进口袋，继续等车。

“对不住了哥们。”“鸭舌帽”冲我咧嘴一笑。那人斜眼看了我一眼。我尴尬地“咳”了一声。

“鸭舌帽”又鬼魅般地滑到那人身边：“说真的，这是我入行以来第一次失手，您老是怎么发现的？”

他说：“你偷的时候，我完全不知情，但是我看到你们下车，下意识摸了一下口袋才知道你们瞄上的是我。”

下一班车还有3分钟，可能是无聊，他告诉我们：“我的听力很好，当时你们在商量的时候我全听到了。如果我想，我可以听见100米外硬币掉落的声音。”

我怔住了。“鸭舌帽”却没多大反应，只是赞叹地说了句：“真牛。”

48路再次驶来，“鸭舌帽”挥着手送别那人上了车，一副欣喜的样子。

我转过头看站台屏幕，我要等的车还有2分钟到站。

“鸭舌帽”又凑了过来，伸手递给我手机。

“这……”我看了看手机又看了看他。

他转动了一下帽子：“没错，就是刚刚那哥们的。”

被偷手机的那人接过手机，道了句谢谢，点出300元：“谢了哥们。”

我摆摆手。

“你们商量了是300块，总不能你来出吧。拿着吧。”

我笑出了声：“估计你也想不到，他根本没要我钱。”

那人愣了一秒，也露出一丝笑意。

“嗨，那人。他觉得没得手很没面子，就又偷了回来。”我喝了口水，“他根本就不是为了钱。你这手机拿出去卖了怎么就值300元？”

“这小偷，倒是有点意思。为偷而偷。”

“或许是什么癖好吧，这社会什么奇奇怪怪的人都有。”

“也是。”他把钱和手机收回口袋，“能这么认识也算缘分，我叫徐小峰。”

“陈大力。”

徐小峰毕业于一所著名的211，不过学的专业偏冷。给导师买了三年的饭也没能让他在留校的助教工作上占到一点便宜，所以毕业三个月，依然在为一份工作不断地奔波。

互留了号码之后，又是一阵再联系的寒暄，其实我心知肚明，人情薄如纸，更何况我们这样不光彩的萍水相逢。

目送他夹着公文包匆匆离开赶赴下一场面试，我也喝光了杯中最后一口水，起身离开。

我叫陈大力，是一名建筑工地的监工。所谓的监工并不是只要戴个牌子到处转悠就行，这样的权利永远属于领导阶层。除了安排日程进度、分配人员等琐事，剩下的就是打点上下关系以及随时做好背黑锅的准备。材料的质量和进出从来不在我的管辖之内，这属于建筑公司的核心部分，染指不得。至于施工安全，这是一项需要靠运气的事情。

我运气好，进这家公司四年了，盖了3栋楼，都没出过什么纰漏。

我喜欢看着一幢楼慢慢盖成的感觉，缓慢到肉眼可以看清一砖一瓦的堆砌，那是一种逐渐积累般的幸福感。虽然这种幸福不属于我。

属于我的是一个鞋盒子。

我每个月赚2485.7元，除去1000元的房租、日常开销和寄回家里的，每个月我能结余300多元，我把它们整整齐齐地按照金额堆叠在鞋盒子里，就像盖楼一样。

我不喜欢银行，我讨厌那种把钱和未来甚至一点点的希望随便送到一个陌生人的手里的感觉。

至于什么时候我的积蓄可以填满这个盒子，什么时候能填满一栋属于自己房子的梦想，什么时候能填满身后张嘴要将我吞噬的洪水猛兽。我不愿去想，也不敢去想。

最近的活计是河滨路的新楼，这个城市旧城区的最后根据地也被地产商攻陷，取而代之，这里将拔地而起本市最高的一栋商业写字楼。

拆迁的过程听说并不顺利，1744号那家其貌不扬的小餐馆老板在强拆的挖掘机推翻了饭馆外墙的时候，引爆了厨房的煤气罐。直到现在，在事故旧址施工的工人还早晚一炷香地告慰故人。

过去，我也无法想象一个人对于自己栖身之所的眷恋和不能割舍是可以用生命来捍卫的。

小时候，我最喜欢的事是在秋天的树林中看树叶慢慢飘落的样子。有一次，吹了好大的风，一树金黄的叶子被席卷而落，飘飘扬扬如同暴雨。然后风停了，那棵树上只剩下一片叶子。我就等啊等，不知道等了多久，那片叶子颤颤巍巍地动了。然后它离开了树梢，从树顶直坠而下。

我用了自己的能力，那片叶子的下降速度慢了十倍，我目不转睛地看着它在空中旋转。我的眼睛可以欺骗我一时，却不能对于结果做出丝毫的更改。我从仰头到平视，最后到低头，那最后一片叶子还是掉在了脚下，我想捡起它，但是一恍惚，它便融进千千万万之前坠落的叶子中，我再也无法将它们区分。

这是我第一次看一棵树如何变得光秃秃的，也是最后一次。

这个城市的绿化越来越少，所以仅有的绿化带也选取了四季常青的树种，它们面不改色一动不动，就像我那不苟言笑的老板。

我17岁南下来到这个城市，现在已经8年了，虽然对于这个城市来说我是众多外来者中平凡的一位，但是对我来说，它是我度过32个季节的地方，我在这里长大，在这里成熟。而故乡只成了像新年一样永远温馨无忧的童年记忆。我人生最多的泪留在远方的家，那里有我襁褓中的一无所知。但是我最多的汗流在这里，这里有我的痛苦和彷徨，有我的跌倒和寻找。它是我依靠为命的地方。

我想在这里生活下去，无论多么艰难。

再次遇见“鸭舌帽”是在三个月后的派出所。

工地上一个年轻的工人因为迟到被罚了工资，不爽骂了几句，被工头一巴掌扇碎了一颗牙，那愣头青当即报了警。作为监工，我只能来派出所备案接受调解。

工地上出事故分三个等级，第一种是赔钱，第二种是赔大钱，第三种是不赔钱。这种就是第一等级的事情。

我赶到派出所门口的时候正好和“鸭舌帽”擦了个肩，我认出了他头上的帽子。

“嗨，党小沫。”

“哦，是你啊，陈……陈大力是吧？”他一拍脑袋。

“你怎么在这儿？”话一出口便觉有些多余，小偷进派出所不是很正常的事情！

“哦。刚刚路上有人飞车抢包，我把那人逮住了，刚做完笔录。”

我有些难以置信地看了看他身旁的警察。

“党小沫同志可是个英雄啊，见义勇为。那个飞车劫匪可是个惯犯，说来我们还要好好感谢小沫同志帮我们抓到那人。”

“哎，不提不提，应该的。”他又转了一下头上的帽子，咧嘴笑得很是开心，“对了大力，你上这儿来干吗了？”

“公司的一点小纠纷……我接个电话。嗯，来了，在门口了，遇见个熟人。嗯，好。马上进来。”

“手机……”党小沫冲着我裂了屏幕的手机努了努嘴。

我诡异一笑：“还给那人了，都是开玩笑嘛。”

他哈哈大笑，拍了拍我的肩膀：“你这人，有意思。一会儿一起吃个饭吧。我请你。”

党小沫是个孤儿，16岁之后从福利院出来，没有资助，辍了学开始混社会。他那令人咂舌的手顺理成章地被一个小偷发掘了出来。

“算是我师傅吧，对我挺好。2008年进了监狱，被判了十年，冬天就能出狱了。”他把芹菜肉丝里的肉丝都挑了出来。

“你不吃肉？”我好奇地问，“信佛？”

“信佛会当小偷吗？”他笑笑，“还债。”

我没有继续问，谁没点故事呢？

“我也是那时候金盆洗手的，嗨，其实我压根儿就不想做这行。师傅进去了，正好干点儿正经事。”

“看得出来，你这不是还见义勇为了吗，不是个坏人坯子。”

“小偷，都没几个坏人，有坏心的人杀人越货，不比偷个钱包手机什么的来得快？”

我不置可否，呷了口啤酒。

“干什么？摆盘你知道不，后厨里忙活的。你也知道，我手快，干这个轻松又漂亮。这是我主业。”

“副业呢？”

“嘿嘿，什么零活儿都干，说不定我还在你手底下搬过砖呢。偶尔也操个旧业什么的。”

“这么辛苦啊。”

“我那师傅，老光棍一个，这次出来都60多了。我得给他养老。”

我想起第一次看魔术，是小学时候班里的老大——哈哥儿在午休的时候表演给大家看的。

我看着他的手在红布下面翻来倒去，就像看着数学课上几乎停摆的钟表指针般缓慢。然而身边人都惊呼不已。包括我偷偷暗恋的小妍，她目不转睛地看着那个胖子，捂着因为惊讶而微张的嘴，笑靥如花。我突然感觉一阵躁动，于是我挤上前去，揭穿了他的魔术。

哈哥儿的脸色微变，紧接着他又掏出纸牌，想要挽回失望的观众。但是又被我毫不客气地一一揭穿。

那天放学，我被哈哥儿堵在了厕所。他高出我一头，胳膊几乎有我小腿粗，我只能用手护住脸，蹲了下去，以减少挨打的部位。他愤愤地对我拳打脚踢了足足十分钟，骂声甚至盖过了我小声的抽噎。

从此我再也没有看过魔术，也不再毫无顾虑地捅破任何蒙住我双眼的纸。

“你怎么不学魔术？凭你这双手，不比什么刘谦差吧？”

“怎么没想过。你知道这行有多难入吗？那些魔术道具，贵得你不敢想。而且我学会了也没地儿给我演去，要是进什么团啊社啊，进门就问在哪儿学的，一听是自学，看都不看，管你是不是巧手如花呢。人家要的是个响当当的名字。上街头卖艺？还不如我打工呢，至少工资按月结。”

我一时无言以对。

分开的时候他要了我的电话，说是如果有什么临时的活儿可以联系他。我点点头，上了不同的公交车。

入秋的时候，工地的施工也逐渐进入尾声。我的工作量却逐渐加重，每天要上下几十层巡视最后的几道工序，施工监察的报表也是每天要撰写存档。连徐小峰几次约我出来吃饭我都没空推后了。

快到国庆节的时候，我终于先拨通了徐小峰的电话，打了两次却只是无人接听，只得作罢。

小时候我问奶奶，为什么奶奶脸上有这么多皱纹。她爱怜地抱着我说：“老了就这样。”

“人都会老吗？”

“人都会老的。”

那时候我觉得很惊恐，我觉得当我满脸皱纹的时候一定很丑，于是我每天都凑在镜子前许久，观察我什么时候会窜出一条皱纹。

等到我20岁时，第一次照镜子发现刘海下沟壑清晰的抬头纹时，我怔了一会儿。

那时我有个女朋友，我盯着她光滑的脸颊看，直到她不自在地用手在我眼前摇晃问我看什么。

我告诉她，我要把她的脸留在我的眼中，慢慢地看，这样，她就很久很久以后才会老了。

“不知道你在说什么。”她扭过头去继续玩手机。

当我知道小峰跳楼后的那天晚上，我一直在做梦，我梦见他从我们新建好的大楼上跳下来。我抬头正好看见他下坠的脸，离我只有十厘米。我放慢了他下落的速度，他就从我面前一毫米一毫米地往下落。我看着他的眼睛，他看着我，直到我们的眼睑贴在一起。

然后我就醒了。

因为国庆期间车票难买，他的父母从千里之外赶过来的时候尸体已经发臭。他的葬礼极其简单，或者说没有。只有他满头白发的父母和几个大学同学，他没什么朋友，公司的同事甚至没有派个代表来。还有一个十几岁的小女孩，她噙着泪和我们一起看着小峰被推进焚化炉中。而他那因为一瓶Dior香水问题而分手的前女友则是自始至终不见踪影。

小沫说：“他能听见那么多那么细，一定活得很累，下辈子希望他是个聋子。听不到那些非议和嘲讽，听不清那些是非，或许能够活得开心点。”

我张了张嘴，什么也没说。

小峰的死一直让我感到很愧疚，我静下来的时候就会想，如果之前他找我，我能够多陪陪他，了解他在新公司里的事情，帮他疏导一些，他是不是就不会绝望地轻生？

这种想法让我陷入崩溃，我想起半年多来我们相处的时光，想起他文质彬彬的西装、眼镜、腼腆的笑容还有他酒醉之后歇斯底里的咒骂。

他说这不公的人生，现实的女友，钩心斗角的职场，冗杂腐朽的制度，又聋又瞎的社会，我知道他瘦弱的身躯上背着沉重的包袱，可我们谁又不是在苟延残喘？

心绪不宁让我最终犯下大错，我在报表中多写了一个0，隔天公司就损失了300万。老板很宽厚地扶起跪倒在地的我，说念在老员工为公司做了不少贡献又是初犯，只让我赔偿十分之一的损失。

其他的话我一句都没听见，我看着他厚厚的嘴唇不断嚅动，脸上的肥肉因为笑容而堆在一起，像一条肥大的蛆虫，要钻进我腐烂的身体里大快朵颐。

我只记得“赔偿十分之一”。

我如同行尸走肉般地靠着习惯走回家中，从床下拿出了我的鞋盒子。

晚上我点了一遍又一遍那些参差不齐的钞票，直到痛哭流涕。

36270元，我的全部积蓄。

国庆节的那天，举国欢庆，我在阳台上对着远处灯火辉煌的闹市区喝了一杯又一杯的酒。

那天我也是和小沫一起喝的。

“30万，我上哪儿找那么多钱。我来这里八九年了，就攒下3万多。我父母还没享到我一天清福，难道要我这个时候还要剥他们的皮抽他们的筋让他们帮我还这个债吗？”泪水和鼻涕已经糊住了我的口鼻，我的嗓子沙哑到失声。

他只是揽着我的肩，安慰我说他有办法。

我知道他说的办法是什么，但是我没有阻止他。

如果还不上这笔钱我会坐牢。

党小沫接了道上中介的活儿，去偷一件古董。结果被人发现，主人是本市有名的黑老大，于是党小沫的右手被齐根砍下，作为“学费”。

我没有去医院看他，我不敢见他。

身边的酒还剩最后一瓶，我没有开，用它压住了一张薄薄的纸。

从阳台上跃下的时候，灯红酒绿刺痛了我的双眼，我闭上了眼睛。

我想在这里生活下去，无论多么艰难。如果活不下去，至少我还想死在这里。

我叫陈大力，1988年10月2日生。

最是人间留不住

/刘坤

肖沁帮我准备好了今晚生日派对的一切，我却在这个紧要关头生病了，真该死。从医院出来我就直接去了事务所，这个月的离婚案子格外多，是不是真的有那么多人都受不了自己曾经用生命去爱的对方了呢？肖沁带了鲫鱼汤来看我，她还带来了一份请帖。水沐要结婚了。大红色的帖子和金色的“囍”字在我眼中不过是苍白，唯一熟悉的是水沐的签名，还是那样大气。

一、我明白，我要的爱，会把我宠坏

我是在学校的辩论赛中认识水沐的，那次辩论赛格外激烈，水沐是第一辩手，清晰的思路和滔滔不绝的有力辩词让她成了全场的焦点。

我们输了，很不甘心。对面水沐的队友们簇拥着水沐，高高地举起手臂挥舞着，这是一支刚刚成立不久的辩论队，在一个月前的辩论比赛中输给了我们，这一次有了水沐的加入，士气大增，赢得漂亮。很久以后我才知道，那一次比赛，水沐赢的不仅是比赛，还有我的心。

邵孟斯是谁？是我，也是这所重点大学里最快的嘴巴，当然只是在水沐出现在大众眼里之前。

我是法学院的，每天要抱着厚厚的专业书穿梭在校园里，马上就要毕业了，我一直在忙着寻找律师事务所实习，辩论队也再没有我的身影。那次遇见水沐完全是个意外，她穿着纯白的连衣裙站在逆光的湖边，阳光铺洒在她的脸上、肩上，那一瞬间我感觉她酒窝里橙黄色的光快要溢出来了。水沐绝对是我认识的最表里不一的女生，就在我不敢打乱这一刻恬静气氛的时候，她径直走到我身边拉起我的手——

“邵孟斯，做我男朋友吧。”

风从远方赶来，脚步匆匆，抚乱了如镜的湖水，水沐的长发也被吹得凌乱。我看不清她的表情，但可以感受到她手心的温度，那是我想要的。

“好。”

是谁说过大学里一定要谈一次恋爱才没有辜负这段好时光？我在毕业以前完成了这个仪式，过程快到不可思议。以前也有过女孩红着脸庞跟我说：“邵孟斯，我喜欢你。”可是我没有接受，因为我不知道她们的喜欢是哪种喜欢。水沐的直白省去了我内心纠结的过程，所以我们在一起了，如此之快。

在我忙着找工作的时候，水沐会做各种各样的糕点给我，然后柔柔地说：“孟斯加油呀！”我喜欢水沐笑起来深深的酒窝，因为那里装满了她对我的喜欢。

那时候我奔走在各家律师事务所之间，水沐在准备考研，一天里，我们见面的时间只有一个小时。很多时候，我们只是站在天桥上有一搭没一搭地聊天。夏天时水沐不怕蚊子叮咬，陪在我身边；冬天的时候我们会喝冰冻的啤酒，那种肠子结冰的感觉会让人在瞬间清醒；真正忙起来，我们仍旧互道晚安。这是我二十二岁时的爱情。

水沐喜欢眯着眼睛，懒散的样子像一只波斯猫，神秘又优雅，我想这就是水沐带给我不一样的感觉吧。站在高楼大厦间二十二岁的我，看着身后的水沐，觉得这个世界如何繁华都不及爱情有吸引力。

因为我考取了律师证，找工作似乎没有那么难，我被一家律师事务所招聘过去做助理。水沐考过研究生后就一直在写文章，她说她想当个作家，坐在家里就能养活自己。每次她信誓旦旦地说这句话的时候我都会戳戳她的脑门儿：“作家？你还是当站家吧，帮别人打打票还能减肥。”

水沐是温柔的，她从不回击我，一直都是顺从的模样。那么乖巧的水沐在我眼中就是一只猫，漂亮，但脆弱。

二、我这里天气凉凉的

毕业以后我跟着领导接了几个大案子，都是胜诉，邵孟斯这个名字也在外传开了。那个时候我和水沐已经很少见面了，我在事务所旁边租了一套小公寓，水沐依旧住校，我们隔得很远。我们偶尔在大学城后面的小咖啡屋里约会，那个小咖啡屋开了很久，餐桌上的假玫瑰花陈旧不已，但只有在这里我们才能感受到那种爱情的感觉，最初、最真挚的感觉。

我在事务所干了两年，领导给了我一个去北京深造的机会。我在这个世俗的社会遇上了这么个世俗的选择，爱情和事业我该选哪个？

水沐说：“孟斯你去吧，你那么好强的一个人，怎么会一辈子生活在这座二线城市？”我不知道我问水沐的目的是什么，旁人都说我们的关系好，我走会告诉她，她也很支持我。这段爱情，怎么看都是完美的。其实我是害怕自己的良心不安，我害怕在以后想起水沐的日子会因为不辞而别而自责。

我到北京正临秋天，首都的秋天很干燥，忙起来顾不及喝水，经常上火，然后鼻血直流。也只有这个时候我才会隐隐地想起水沐，她在我身边的时候会经常强制性地让我喝水。现在我只有看着鼻血一滴一滴地淌下来，染红了手中的A4纸。老板很刻薄，用最少的工资换取我最多的工作时间，终于，我被他压榨得生了一场病。

病毒性感冒，其实吃点药就会很快好起来，但因为只身在外，压制了很久的感情在我倒下的那一刻全部涌上心头，迸裂了我心脏上一点点的裂痕。心疼，疼得无以复加。

感冒好得差不多了，我的假期还剩一天，坐地铁，我去了香山。褪去西装，我把自己包裹得像一只狗熊。看到漫山的红叶，我拨通了水沐的电话。

“水沐，你猜我在哪里？”

“北京啊。”

“你猜我在北京的哪里？”

“你不是在上班吗？律师事务所啊。”

“不对，你再猜。”

“你在哪儿啊？我刚刚开了一篇小说，正写着呢，怕等一下灵感跑没了。”

“这样啊，那你写吧。打扰到你了，不好意思。”

“那你在哪里啊？”

“等下一次你来北京，我再告诉你。”

挂了电话，感觉手指湿漉漉的。原来是我的眼泪砸到了手上，眼泪干了之后紧绷绷的，这种感觉一点也不好受。来看红叶的人有很多，现在是观看红叶最好的时节，大家都很开心，只有我在流泪。我以为水沐会说，孟斯你竟然主动给我打电话啦！我以为水沐会热衷于这种有些幼稚的猜测。可是这些都只是我以为罢了。

晚上喝了啤酒，冰冻的。起先老板娘看到我嘴唇没有血色，不准备卖给我。我说：“没关系老板娘，我都二十四了，不会有事的。”

明明是秋天，喝下第一口的时候整个人被冰得瑟缩了一下，和水沐在一起的时候，就算是寒冬也不曾这样。我缩在公寓里重温《泰坦尼克号》，小口小口地吞着那瓶啤酒，看到杰克放掉木头沉入海底的时候，我并不觉得杰克是冷的。就算他的身体被冻得像块冰块，但杰克的心还是热的，他的露丝还活着，他的爱还在。关掉电脑，我喝掉了最后一口啤酒，已经不再冰了，时间也再没有被凝固住，流逝得越来越快。

三、让我爱你，然后把我抛弃

北京的冬天很冷，也很温暖。我的家乡在江淮一带，冬天没有暖气，室内温度和室外温度差不了多少，经常手脚冰凉，可是北京有暖气，我穿一件衬衣就可以工作，我想我再也适应不了没有暖气的冬天了。

今天我路过新华书店的时候被一张巨幅海报惊得震了一震，海报周围有很多学生，大多都笑眯眯地说终于可以买到实体小说了。我呵了口气，白色的水汽盘旋在眼前，直到消散，眼前的景物依旧存在，我这才相信自己的眼睛。

美少女作家水沐携新书《让我爱你》签约星空文化。

我看着海报中央水沐的侧脸，已经记不起来我们有多久没有见面了。我今年二十八岁，到北京已经四年了。除了过年回家见父母，其他时间我都在北京忙着工作。我偶尔打电话给水沐，刚开始还可以聊上一个钟头，到后来话越来越少。

“我很忙，这章必须今晚写完，下次再聊吧。孟斯晚安。”

曾经我一度以为我是这个世界上最忙的人，忙着整理案子、和委托人了解情况、出庭及善后。可当我听到水沐说完这句话时，我连挂电话的力气都没有了。水沐怎么就不能理解我呢？每天我都累得像头耕完一百亩地的牛，巴不得倒头就睡，但为了关心她，我扯着最后一丝力气给她打电话，她却说，我很忙。后来我就再没有主动打电话给她，她似乎没有感觉到我的不满，依旧忙她自己的。我们已经很久没有联系了。

拿了一本《让我爱你》，我已经过了看这种青春小说的年纪，触摸到凸起的艺术字“水沐”，我还是买了一本。

我把小说放到书架上准备闲下来再看，晚上吃完饭我没有看案子，拨通了水沐的电话，祝贺她梦想成真。

“水沐，今天我买了你的《让我爱你》，祝贺你啊。”

“谢谢你，这是我出的第六本书了，以后你也要祝贺我啊。”

“是……是吗？我会的。”

“哎！我来啦！孟斯啊，新东家给我办的庆功会开始了，回聊啊，拜拜。”

嘟嘟嘟嘟……

“再见。”喉头一紧，卡住了藏在声道里的道别。这是水沐出的第六本书了？我怎么不知道呢？一定是我太忙了，而且我一直都不太喜欢看这种青春小说，没有关注也很正常嘛。水沐……她不会怪我的，不会的吧。

一个人生活的几年里，我已经习惯了不去理会别人，这座城市太大，悲伤的人太多，绝望的人数不胜数，倘若都关心，那我的仁慈便泛滥成灾了。只是我没想到这种不关心会使自己越来越冷血。自私占据了我的整个心房，以前的温暖都不复存在，我自己都觉得冷了，那水沐是不是早就感觉到了？

我蜷着腿坐在地板上，靠着帆布沙发，披着水沐送给我的羊毛毯子，翻开《让我爱你》。看完整本书已经是凌晨两点了，脸上凉凉的，身上却异常地热。用手擦了擦，满手的湿润，是不是我哭了？

水沐写的这本小说是她的历心路程，大部分的笔墨都花在一个叫邵木希的男孩身上。从她进大学第一天开始就注意到了这个校园名嘴邵木希；她胆怯地去参加学校的辩论赛，只想引起邵木希的注意；她穿上从来没有穿过的纯白棉布裙，厚着脸皮去向邵木希告白；她拼命写稿子，只想让自己变得优秀，能与邵木希比肩；她不知为什么，邵木希有一年零八个月没有给自己打电话了……

水沐笔下的邵木希是法学院曾经很出名的邵孟斯，是现在丢了魂的我。

让我爱你，然后把我抛弃。这是《让我爱你》的最后一句话，是《残酷月光》里面的歌词。一道又一道冰冷的月光刺中我的心脏，使它跳动的频率越来越慢；穿过我的耳膜，一遍又一遍地回响着：让我爱你，然后把我抛弃；捅破我最后的理智，咬牙痛哭。

四、寂寞筑成了一道围墙

肖沁的出现击垮了我刚刚筑起的心墙。

第一次见到肖沁是在人事部，我忙着调动岗位的事情，就见到了穿着套装的肖沁。她是新来的实习生，脸上化着一丝不苟的职业妆，头发高高盘起，稚嫩的脸庞上挂着明亮的笑容。很快我们就又见面了，领导让她跟着我实习，做我的助理。

肖沁是和水沐截然相反的女孩，像一只活泼的小兔子，不上进、有点懒散。每次都要我主动去找她聊案子，被问烦了她会丢给我白眼。可是她很会安慰人，在我最没有防备的时候，闯进我的心墙，霸占整座城堡。

“邵孟斯大律师，这个周末休假我们去香山看红叶好不好啊？”

“你自己去吧。”

“我是为了你才说要去的啊，你整个人那么消沉，我好意陪你散散心，你这个人怎么这样！”

这是我第二次来香山，距上次隔了四年。肖沁一路都在呵呵地笑，她说她从小在北京长大，但是爸妈很忙，一直都没有带自己来过香山。我跟在她身后看着她蹦蹦跳跳的身影，想起了四年前我对水沐说，等下一次你来北京，我再告诉你我在哪里。现在的水沐在上海，忙着自己的事业，她不会来北京的吧。

肖沁跳起来摘红叶，放在鼻子下面闻了闻，笑得嘴角都要咧到耳根了。

“邵孟斯啊，闭上眼睛啊，我告诉你一个秘密。”

“我不听。”

“喂喂！你不要这么没人情味儿啊！”

眼前的光影变成了一条线，然后一片黑暗。

“低头啦！”

我感觉肖沁放了一片树叶在我的头上，然后又拿下来了，轻轻地扫过我的眼睛。

“邵孟斯，我喜欢你。可不可以做我男朋友？”

“我有女朋友了。”我睁开眼睛看着面前满脸错愕的肖沁。

“你骗人！单位里的同事都说你在北京四年都没有女朋友！”

我没有解释，很多事情别人都不会懂，就算我和水沐已经四年没有见面了又怎样？我们从来没有说过分手；就算水沐在我心里占据的位置越来越少又怎样？我们从来没有争吵过。我不会背叛水沐。

肖沁跟在我身后，她说她会等我。我想这个时候我的心墙已经有了裂痕。

五、最是人间留不住

拿到水沐的请柬的时候肖沁就在我身边，她说我终于知道你说的那个女朋友是谁了，我很喜欢她的，可有才了！

我马上三十岁了，肖沁说一定要办一个生日派对。但在生日前夕我生病了，所有关于聚会的事宜都被肖沁揽了下来。两年了，肖沁从二十二岁到二十四岁，一直在我身边，从未提过我的女朋友和她的爱慕。

水沐要结婚了，我快三十岁了，我们的生活轨道偏离得越来越远。我们一直都没有提过分手的事情，这下子她却要结婚了，我的心里没有泛起一丝波澜，只有轻松。我们之间的感情说不上背叛，因为我们对彼此都是最忠贞最尊敬的，这样的分离是无法避免的结果，感谢水沐的勇气，帮我从这段感情枷锁中解脱出来。

“邵孟斯，你去参加水沐的婚礼可不可以带上我呀？我想找她要个签名！她是我的偶像！”

“好啊。”看到肖沁啧啧称赞水沐的字很好看，我觉得有些好笑。

“哎，那我以什么样的身份去啊？同事吗？”

“当然是以女朋友的身份。”

“啊啊啊？邵孟斯你说什么！”

我相信肖沁听清了，听得很清楚。我和肖沁在一起的日子总是很开心，有很多年我都没有这种如释重负的感觉了。

走出事务所，日头缓缓下沉，夕阳都变得跳跃可爱起来，暖暖的光扑向我的心灵，左边的肖沁欣喜地一遍又一遍地确认我刚刚的话。我想现在的邵孟斯，才真正地接受了生活，接受了工作，接受了我一直都很喜欢的肖沁。

赶到生日派对的目的地时，太阳已经赶到西半球工作了，失去太阳照耀的天空变得深邃而神秘。我似乎在这片深蓝色里看到了青涩的水沐和年轻的邵孟斯，他们站在天桥上彼此依赖，单薄的青春有了爱情变得厚重起来。可一晃八年过去了，一切都变了。

这是我二十九岁的最后一天，我放下了过去八年的感情，放下了对水沐的愧疚。三十岁的邵孟斯会更加成熟，努力地温柔对待身边的爱人。

Part 6 那些散落在城市里的呢喃

去了曾经
的
城市

只是说一句，好久不见

我国
他国
你镇

妄者言

只是说一句，好久不见

○ ●

/曲玮玮

接到暑假去北京参加活动的通知，匆匆关了邮箱，想着准备行囊。豆瓣电台正播放Eason的歌，他的愁肠忧伤像轻柔绸缎飘落在皮肤上，又慢慢地融化进毛孔里。他说，你会不会突然地出现，在街角的咖啡店。他说，我会带着笑脸挥手寒暄，和你坐着聊聊天。一双撩拨的手拨开杂草丛生一样的记忆碎片，那些完整的画面竟依然近在眼前。它们被轻轻地托起，又瞬间跌落，多了开裂的痕迹和模糊不清的脸。

叫我不得不想念。

去年暑假我跟小浅像两个冒失鬼顶着骄阳整日徘徊在首都的大街。那天一位喜欢的作家恰好在时尚廊书店举办书友会，我们当即血脉偾张冲锋而去。见了作家我们俩只顾拍照，兴奋溢于言表。放下相机我们东张西望，注意到一旁的男生只是低头提笔写字，垫着躺在腿上的黑色公文包，清淡的眉宇像安静的雪。我们的激动锐减，也安心地坐下听访谈。中途我忍不住瞥向一旁的男生，甚至直勾勾地盯着他。他似乎有所察觉，不抬头，只是嘴角隐约翘了一下，像堆在枝丫的清雪温柔落地。

恍惚间有人戳我的肩膀，那个男生竟凑在我耳边说话："同学，我是记者，今天忘带相机了，你回去能不能把今天的照片传给我？"我说："好。"他笑着递给我一张字条，写着他的电话和邮箱，显然是提前准备好的，捏在手里湿漉漉的。

未料走出书店，下起了大雨，我跟小浅不知所措。这时那位记者迎上来，手里拿着蓝色折叠伞："你们没带伞？来，我帮你们拦车吧。"古灵精怪的小浅说："你们这么快就混熟了？帅哥，那就不客气了。"到了旅店，小浅给他打电话："你交代的任务我们一定完成，不枉费你为了拦车，衬衫都打湿了。"挂了电话小浅催我给他传照片，我伸伸懒腰，慢吞吞说："急什么？"小浅用中指戳我脑门，"这帅哥看起来特温良，傍上他咱这几天就有好玩的了。"我笑着白了她一眼，打开电脑。

传完了照片顺势和他在邮箱里聊天。他还是学生，暑期做兼职记者。我问他怎么坐在观众席上这么淡定，面对喜欢的作家也不动心？他发来一个得意的笑脸说，见惯了大场面，波澜不惊。我戏谑，连相机也不带的记者，还谈什么场面。

转眼聊到深夜，小浅早已睡去。从窗户望去，镶嵌在城市夜空的灯光都有些疲惫了。我揉揉眼睛，竟有种"他乡遇故知"的喜悦，辗转很久才睡下。

第二天清晨却被腹部剧烈的疼痛惊醒。怕是肠胃炎犯了，我无奈地看着小浅。小浅踉跄地跑过来，在旅行包里一阵乱翻，终于找到了药。我皱着眉头吞下。小浅说："必须要去医院，要不打电话给那个记者，让他过来帮忙吧。"我心想，不过一面之缘，名字还不知晓，太冒失了。不过耐不住剧痛，只好点头。小浅一连打了几次电话，又发了短信，还是没回音。我们两人只好去附近的医院挂号。夏日的骄阳要把整个人烤化了，走在街头一阵晕眩。走出医院时，昨天熟悉的身影突然又出现了。他焦急地跑过来，带来一阵热浪，额头的汗珠断了线一样往下淌。

"不好意思，我睡过头了，刚才看到短信，就跑过来了。你没事吧？"

"嗯，她没事了。对了，你怎么知道我们在这儿？"小浅抢着问。

"这就是离你们最近的医院了呗。呵，我家也在附近。"他笑着敲小浅的头，末了又神情严肃地看着我说，"好点了吧？好好休息，明天带你们玩，将功赎罪。"

我心头一暖几近落泪，未曾想到能俘获陌生人的温暖。嘴上却说："我们得考虑一下，最近首都拐卖人口特别猖獗。"结果小浅笑着呵斥我不知好歹。

第二天他果真在旅店门口等我们。穿一身清凉运动装，额前的刘海被风吹得四散。我跟小浅俩人又神气十足地在城市四窜，他安静地跟在我们后面，提着两个唐突的粉色女包。这天我们才知道他叫梁彬，小浅软磨硬泡追问他的私密生活，我们又得知几月前他跟女朋友分手。听到他没女朋友，小浅两眼不由自主地放光，立即扑上前摇他胳膊撒娇似的唤他“梁大哥”，梁彬只好假装向我做呼救状。我只是笑。

晚上小浅回旅店又念叨梁彬的好——温柔又殷勤，眉眼恬淡还见识广博。我打趣她：“过几天我们就回家了，难不成你想尝试一下时髦的异地恋？”小浅瞠目怒视道：“哼，倒是你苗头不对吧，别做对不起我哥的事，枉费他正在家乡对你痴心妄想呢。”我朝她扔枕头，于是两个女生又笑嘻嘻地打闹成一团。

那晚脑海中浮现的竟全是梁彬的脸。他低头疾书，温柔蹙眉，满脸汗珠，搞怪的鬼脸。暗笑自己仍逃不脱小女生情结。夜越来越深，思绪成了越加黏稠的浆子，我按捺不住，发短信给梁彬，只有两个字——失眠。他很快回复五个字——楼下咖啡馆，这竟像雷电一样击中了我的心脏，怦怦跳。我看一眼小浅，她正微鼾深睡。我蹑手蹑脚地下床，屏住呼吸，轻轻带上房门。

深夜的城市竟有些凉，梁彬早就等在那里了。他的眼睛更黑更深了，仿佛与它交汇，就能跌进去。“恰好我也睡不着，索性出来聊聊。”他温和地解释。我点点头。我们聊着北京，他的大学，我的家乡，他听说从我家就能看到大海，特别兴奋。想到他兼职做记者，我打开手机把我写的杂文给他看，他认真地读了很久，眉宇又变得像一抹快化的雪，我撑着头百无聊赖地盯着他。末了他做夸张状，拍案而起说：“文章观点犀利很有洞见，不知以后能否有幸约你的稿？”见我不言，他竟握着我的手说，“我是认真的。”我当时因这一阵温热不知所措。

第一抹微光把城市的天空擦亮了，我跟梁彬分别，又屏住呼吸赶回去。思绪像乱麻一样错综交织，我为在他乡邂逅这样的男生欢欣，又不敢靠近空气里若隐若现的暧昧，更不知如何跟小浅解释一夜的未归。颤抖着推开房门，小浅的旅行箱竟然塞得满满的，她光着脚丫在床上乱摁遥控器。

“玮玮，我要走了。”小浅淡淡地说，仍然紧盯着电视，看都不看我一眼。

我简直要傻眼了，手心顿时渗出汗：“你提前走？那我呢？”

“刚才妈妈打电话让我收拾东西，说口语考试提前了，今天托朋友给我买了动车票马上送来。你一人再玩几天吧。”小浅见我瞠目结舌，忙着一股脑解释。

去北京南站送别小浅，陌生的身体和无数张疲惫的脸在眼前一晃而过，周遭的离别与眼泪那么多，只是都不属于我。我找张椅子坐下，思忖剩下几天是自己悠悠然地触摸这座古老又现代的城市，还是再冒失地打搅梁彬。人流与我逆行，我好不容易冲到地铁站口。那个温柔的声音再次响起，梁彬说：“我来了。”他就像一朵被施了魔法的清新的云，在最需要的时候出现，荫蔽阴凉。

“你怎么知道我在这儿？”

“小浅发了短信给我呀，说你一人举目无亲颠沛流离，只剩下我做依靠了呢……”他恢复嬉皮笑脸。

我不说话，只是笑。多么温暖，人群中有一双只认准我的、清澈好看的眼睛。

那天我们去了798、后海酒吧街、南锣鼓巷……我把相机牢牢抓紧，想留下的风景太多，但一想到此后记忆无处安托，只属于渐渐泛黄的彩色纸张，决定把相机放回包里，不去惊扰时光，让今天走的每段路都是完整的细水流长。

梁彬边走边哼歌，唱的是Eason的《好久不见》，“我来到你的城市，走过你来时的路。想象着没我的日子，你是怎样的孤独……”他说：“前几年到处旅行，去驴友网住陌生人家里，对每个城市的印象也沾惹了不同人的气息。若是第二次，见物是人非不免感慨。”“那我以后不敢再来北京了，怕触景伤情呀。”我笑着搭话。

明天我就回家了。疲惫的工人决心在这里安身立命，特立独行的艺术家飞扬跋扈，匆匆行路的白领，游荡闲适的游人，阳光在城市上空，在每个人头顶盛开。时光流得那样慢，围在我身边周旋。梁彬对我说，要坚持梦想，要给生活最好的微笑。我身边的他，因为晚上要出席活动，穿着白色条纹衬衫，笔直的西裤，刚硬的轮廓隐藏了他那部分孩童式的单纯。他突然变得那样远，那样不可企及。就像我即将挥手而别的城市。

我只身一人拖着旅行箱去车站，梁彬执意要送我，我故意告诉他错的时间。过安检的时候，我最后一眼打量这个城市，想象他的魔力会不会再一次显灵，再次出现在被泪水浸湿的视野里。

最后我留下的只有一首歌，“只是没了你的画面，我们回不到那天”。今年夏天我或许要住同样的旅店，看同样的风景。路过那家咖啡店时，会不会看到去年昨日的梁彬？

安者言

○ ●

/一匹马赛克

我城

我城的人每天要对着钟楼调七次表，这是素素告诉我的。这件事素素已经在信里说了很多遍，可我的记性还是太差，头天看过的信，第二天就忘了大半，第三天再忘掉余下的四分之一，到第四天，我会连信封放哪儿也完全不记得了。不过不要紧，到了这个时候，素素的下一封信也一定准时躺在我的信箱里了。

我总能忘记很多东西，可是，去我城的地图我可不会忘。我仔仔细细地把它画在外衣的袖口，就这么一路抬着手，看着地图，甩着人字拖，踢踏着大步去了我城。

每次进我城，我都弄不明白究竟给素素带点什么才好。后来，实在拿不出主意，我就把随脚踢到的东西随手送给了素素。以未知回答未知，我一向是这么干的。

我在刚竣工的大厦底层踢到了碎石子，在挤满车子的加油站踢到了啤酒罐，在鱼鳞般的小广告下面踢到了废纸团。我脚下的队伍越来越庞大。最后，我还踢着了一枚闪着光的金币。

当时，它就立在下水井盖的缝沿儿上。我捏起它的时候，有五六个我城人已经七手八脚地过来了。他们盯着我手里的金币，发出啧啧的议论。手最短脚最长眼睛最大的那个，还站到了井盖上仔细搜寻，查看是否还有遗漏的金币。

“可以拿它买好多好多好运屁。”人群中的一个摸着下巴，思考良久，似乎已经替我拿定了主意。

“不行，应该去买疗伤烧肉粽。”另一个显然不同意他的观点，开始讨价还价。

“好运屁价格高！”

“烧肉粽也不便宜！”

他俩伸长脖子憋足了气，开始争吵起来，不时地比画着自己所描绘的东西，活像两只斗红眼的公鸡。

我已经有些不耐烦了，于是攥紧手心的金币，用手在前面挥了挥，打断了他俩的二人世界。“——请等一等——各位——你们好像都忘了一件事——”我记得我当时是这么说的，还特意在“我”字上狠狠地加了重音，“这是——我——的金币，所以——我——打算什么都不买。”

我城的人们一下子变得很失望，嘴里还喃喃地念叨着“好运屁”“烧肉粽”。我回过头，发现手最短脚最长眼睛最大的那个，不知什么时候不见了。和他一起不见的，还有那个下水井盖。

素素家住在地下三楼，我顺着降绳下到她的小家门前时，她正好要出门。

她看着我脚下的那堆东西惊喜连连：“啊呀，你怎么，快进来，你怎么，你看你，不用这么客气的呀，每次都带这么多东西来。”我忙摆摆手：“不客气的，不客气的，一点举手之劳。”

等素素把碎石子、啤酒罐、废纸团统统塞进壁橱里藏好后，我开始问她：“那么——我想搞清楚一件事——你们这里，是不是有种叫‘好运屁’的东西？”

“好运屁？不，不，是好运派，p-ai-pai，是派，不是屁。”素素严肃地纠正我，再一次给我起讲了我城的事。

“在我城，你只要赶在每年的3月14日15时9分26秒至9分27秒间吃下一个好运派，就可以免费领到一整年的好运券。”

“所以呢，”素素点着手里为数不多的好运券说，“为了能掐到那个最准确的时间，我城的人每天都要用他们的七只手对着钟楼调七次表。”

“可是钟楼的时间也不一定准的呀，”我说，“我来的时候，好像还看到几个小孩子在上面推着指针玩儿呢。”

素素似乎从未想过这个再简单不过的问题，只是一下子愣在那儿，眼珠里倒映出不安的神色。很快地，她又开始说起别的：“嗯，吃不到好运派也不要紧呀，毕竟，还有5月5日，还有疗伤烧肉粽。只要赶在这天抢到最昂贵的烧肉粽，就可以免费领取一整年的疗伤券哪。”

素素的语速飞快，我都弄不清楚她是对我说话还是在自言自语。但我唯一可以确定的是，我在我城只住了四天，全城的人都认识我了。

我最终把那枚金币送给了素素。它让素素把家搬到了地上三楼，还给我买了一台脚踏车。这个时候，我城的很多人已经开始不喜欢我了，我想了想，离开是最好的选择。

天下起大雨。素素赶时间，就忙着要去给我找伞。我拉好帽子压低帽檐说：“不用不用，我这件外套可以当雨衣用呢。”

只是脚踏车的坐垫已经被雨淋得湿漉漉了，我只好弓起半个身子，尽量不让屁股贴到坐垫，就这么一路两腿发酸，站着骑回了家。

到家的时候，我才发现，其实脚踏车的坐垫早已经干了，而我外衣袖口的地图却被雨水冲洗得模糊不清。

我再也找不着去我城的路，也再没收到素素寄来的信。我只知道，素素搬去我城就成了素素，至于她之前叫什么，抱歉，我可是无论如何都想不起来了。

她国

在她国，我确实可以算是一个扑朔迷离的人。这大概是因为我来到这里的时候，手里已经提了几袋子的疑点，包里还背着好几箱沉甸甸的谜团。

璐璐对我说过，去她国就一定要带上一些疑点和谜团。这些东西在她国最受欢迎，你可以趁着它们还新鲜的时候，逛遍那里所有好玩的地方。当然，前提是你的速度也必须足够快。

现在，我就带着这些最引人注目的东西在她国里纵横驰骋。我的速度确实已经足够快，通常是下了轮渡就直奔火车站，出了火车站直奔机场，离了机场又登上下一班的轮渡。我在轮渡、火车和飞机间来回打转，把与我有关的疑点和谜团洒在了她国的每一种交通工具上。

于是，我在短短几天内就跑遍了整个她国，身上的疑点和谜团也所剩不多。

我到她国边界的时候，天色已经渐渐暗下来。我在山下找了一间小屋。

这间小屋里里外外都脏兮兮的，尘土像细雨一样下着。扳开一节开关，电漏得满地都是，像一圈线团，散落无序，泛着幽蓝的光。

也是因为有了电，我只好将就着睡下。

再次醒来的时候，夕阳已经印上山顶，我听见窗外有女孩子咯咯的笑声。啊哈，这一定是——“她”。璐璐说过，在她国，所有你不认识的女孩子都可以称之为“她”。

“不叠被子好懒惰，不叠被子好懒惰。”“她”们冲我吐着舌头，扮鬼脸，“我们也要吃烧鸡，我们也要吃烧鸡。”我听见其中一个“她”已经开始在嚼，在咽，在吞。

我的脸一下子被夕阳刷得通红通红的。我不好意思地拍打着昨晚淋在头上的尘土，把没吃完的烧鸡递给“她”们。

“她”们把脸贴在窗玻璃上，用油腻的嘴唇拖长了声音喊道：“真是邋遢哦——羞羞羞！”我继续拍打着头发，打量着夕阳下纵横交错的影子，也只有它们的身上总是留不住尘土。

不远处，我看见一个“她”开始奔跑，一百个“她”也在奔跑，成千上万个

“她”，还是在奔跑。我听见高跟鞋锐利的敲击、平底靴瓷实的踢踏、硬木屐沉闷的拍打以及人字拖力不从心的吱呀。

等一下。人字拖？

是的，我看到了一双大摇大摆的人字拖。那是一双特大号的人字拖，踩在地上会发出吱吱呜呜的声音，像极了一个人梦中的呓语。好吧，我几乎可以确定了，那就是我的人字拖。

现在，我的人字拖穿在一个女孩子的脚上。这是一件多么引人遐想的事，以它为圆心所引发的话题波及面，一定有着极强的张力，并且几乎可以涵盖整个她国了。

这个女孩子穿着这双特大号的人字拖，摇摇摆摆地跑在她国的国界上。她奔跑的样子让人想起一艘被巨浪裹挟、在风雨里飘摇不定的木船，或是一条跳上了木船却在甲板上挣扎跃动的鱼。

所以，我不费多少力气就追上了她。就在我拉住她衣袖的时候，她回过了头。

于是，我咧开嘴笑了。我说：“我认得你，你曾经把脸贴在窗玻璃上。”

这女孩子也咧开嘴笑了，她说：“是你。”

“你们为什么都在跑。”我问。她继续笑：“她国的人没有影子，或者，更确切地说，她国里没有人，只有影子。我们都是影子，有人跑了我们就要跟着跑。”她说，“现在，你明白了吗？”

“哦。”我拍拍脑袋，我想起来了，我来她国本来就是要找一个人的影子。

“那么，你应该是璐璐？”我试着问。

“谁是璐璐？”她说，“我叫碌碌。”

“碌碌。”我不自觉地重复了一遍。这个名字很好听。

“那么，就这么定了，就叫你碌碌吧。碌碌，你好。”我很有礼貌地伸出了手。

碌碌也一样有礼貌地伸出手，把我拽到了一边，拉起我就跑。在这一瞬间，我感觉自己像一只风筝，被碌碌拉住的手就是那根长长的线。天哪，我居然在空中逆着风飞了起来。

这次飞行过后，我心满意足地告别了她国。

出境时，审问官坐在我对面，冷冷地询问着关于我的一切。

我突然意识到，身上的疑点已经全部用光，在她们的眼中，我已经变得索然无味。现在，要想离开这里，我就必须得留下点什么了。

我最终把影子留在了她国。

而“她”让她把她的影子留给了我。

你镇

她国坍塌之后，我回到了你镇。

如果说她国的坍塌是一个偶然，那么回到你镇就必须得是一个必然了。

所以，在那列疾驰着开往目的地的火车上，我会遇到我那个奇怪的朋友。当时他推着一个拉杆箱，一屁股坐到了我对面，拖着长长的鼻音和我搭讪。

“你也是第一次到你镇？”浓重的鼻音使他的问话听起来像是一句陈述句。

“我记不清了，”我说，“我这个人的记性向来很差。”

“那么，我就有必要给你讲讲你镇的故事了。”他说。

“你镇的故事？你对你镇很了解吗？”我似乎也颇感兴趣。

他点了一根烟，跷起了二郎腿，得意地说：“那是当然了。”

“那么，你准备好了吗？我现在就要开始讲你的故事了。”他说。

“什么？请等一下，我的故事？怎么会是我的故事？”我打断了他的话，“你对我很了解吗？”

这一刻，我居然发现自己原来在不知不觉间已经承袭了他的语气。

但他却似乎并没有注意到我的变化，只是自顾自地陈述着：“那是当然了，对于你的事情，我都是很了解的。”

这次的对话我完全落在了下风。我开始用大脑仔细地思考起来，我想我必须要有一个实例来支撑这样的对话了。想通了这点后，我问道：“那么，比如说呢？”

“比如说……”他居然立刻抢过话头，好像已经知道我要问什么。

“比如说，你是不是有一个好朋友叫素素，还有一个朋友叫璐璐。”

我惊讶地点点头：“你怎么会知道？”

他笑了，用你所知道的那种“一切尽在掌控之中”的眼神盯住我。“那是自然的，我认得你，你是素素的好朋友，璐璐的朋友。你就是那个人，是不是？”

一切都是不可否认，也是毋庸置疑的。于是我只好再次点了下头。

“你瞧，”他很是兴奋，“我猜得没错吧。我的判断一向很准。”

“那么，好了，你不要再打岔了，我要开始讲你的故事了。”他终于回到了正题。

一阵弥漫的烟雾中，他开始了自己的讲述。

说实话，我真的很讨厌香烟的味道，但是看他说得那样手舞足蹈，也就有点不忍心打断他。

他确实把关于我的故事描述得绘声绘色，并且在最终结局揭晓之前还特意地停顿了一下。

“那么，你到底是谁？”我也不失时机地深吸一口气问道。

对于这样的配合，他似乎感到很满意，用手弹了弹烟灰说：“通常情况下，问这个问题的人，可都得不到想要的答案。”

这时我看见一个穿列车员制服的人走过这节车厢。我还记得我的一个好朋友曾经说过的，在你镇，戴墨镜的不一定是盲者，牵手腕的不一定是恋人，骑白马的也不一定是王者。所以，对于眼前的这位，我只能称呼他为“穿列车员制服的人”。

“穿列车员制服的人”面向人群，开始推销起自己手中的皮带。

“我们车厢的皮带质量绝对过硬，你们若是不信，等会儿我就做个实验。”说完，“穿列车员制服的人”跑回火车头，麻利地卸下一个气缸锅炉，把皮带扔了进去。

“我煮。”他说。又拽了拽我，“你来看。”

我看了。我看见皮带像带鱼一样在锅炉里翻滚，车厢里到处弥漫着烟的味道。

皮带已经开始剧烈地扭动，发出“滋滋”的响声。“穿列车员制服的人”终于满意了。他舔了舔舌头，抱着气缸锅炉，步履蹒跚地朝火车头走去。他走路的姿势像极了一个熟睡的婴孩。

然而烟的味道已经使我再也无法忍受，我决定痛痛快快地咳上一回。

我转过头，对我的朋友说：“请你等一下，一下就好，我要咳嗽一会儿。”

于是我看见“穿列车员制服的人”再一次站到了我的面前。

“因呼吸道感染引起的剧烈咳嗽，由感冒引起的浓重鼻音，从高烧那里得来的语无伦次。啊哈，这下你已经集齐了所有的条件。”

“穿列车员制服的人”一边说，一边在一个本子上兴奋地写着。由于用力过猛，他颤颤巍巍的笔头已经划破了好几层纸。

“什么？”我还是有些不明白。

“你再努力回想一下，你来你镇之前有没有吃过什么可疑的东西？”

我仔细想了想，说：“在她国的时候，我好像吃过一只烧鸡。”

“这就对了！”“穿列车员制服的人”拍着手，“这是一个环环相扣的证据链。”

“什么？”我还是有些不明白。

“你不需要明白。”说着，“穿列车员制服的人”迅速地换上了一件崭新的警官制服，他的速度让我想起川剧中的变脸。

“是流感，流感你知道吗？”我记得这是我那个朋友对我说的最后一句话。

就这样，我被隔离到了你镇仅有的一个卫生间里。当然，你镇的卫生间并不卫生，只是很空旷而已。

隔着玻璃窗，我看见“穿列车员制服的人”正在努力地维持秩序。

“不要去人群密集的地方！”我听见他对人群这样吼道。

“不要去人群密集的地方。”人群稳稳地接住了这句话，不断地把玩、念叨。人流于是开始改变流动方向，转而朝唯一属于我的那小小卫生间涌来。在这个过程中，不时有一些手和脚被打散在浪潮里。

他们都想挤进卫生间，而我却想从这卫生间里出去，这是一个和卫生间有关的围城。但最为关键的问题是，我还必须要护卫住这座城，这当然是只属于我的责任。

我已经开始厌倦了。早知道是这样，回到你镇不是很好吗，我想。我开始后悔。

终于，我暂时定居在了你镇的卫生间里，但我不知道它将带我去往何方。

而这里，是一座空旷的城。

Part 7 幻

绿兽

潮湿
哀伤
眼神
从任何缝隙中钻进来

梦绕无形

你看不见我
虽然我为你点燃

绿兽

/陈培芬

我的故乡是用风做成的。我还没走到桐城就听到旗子们跳舞的声音。山上的旗子是我和马骥在第一场雪来临时插上的，现在它们居然都耀武扬威地看着我。它们在山头上张牙舞爪的样子让我想起山后面湖里的绿兽，我吓得“哇哇”大哭起来，然后把自己变成了一对风火轮，溜回了家。

看到黑鬼时我的眼泪才停下来，可当我看到它右眼蒙着的白翳时，眼泪又开始离家出走了。阿妈找到被风吹走的衣服后就走进了我的房间，我感觉自己又开始闻到火葬场的气味了。上次闻到这种气味是在马骥阿妈走的时候。我看见了马骥阿妈推开了大门，屋檐上的冰凌脱离了自己，钻进马骥阿妈的身体里了。阿妈告诉我，那些冰清玉洁的冰凌偷走了马骥阿妈的灵魂。我不信。

阿妈一着急就咳嗽，它们像紧箍咒一样令我头痛欲裂，我脱下靴子，说：“我要去睡一觉才好。”阿妈说：“你不能抱着黑鬼睡，黑鬼脏，会害你生病。”我“哇哇”大哭起来，更加用力地抱紧黑鬼。阿妈骗人，有了黑鬼，山后面的妖魔鬼怪才不敢吃我。阿妈的手都皱得跟树皮一样了。最近我总在阿妈身上闻到熟悉的火葬场气味。

马骥阿妈被送到火葬场之后，马骥就不再是以前的马骥了——以前的马骥可是经常对我笑的。现在的马骥仿佛成了我的另一个阿妈。他注视我时悲伤的眼神跟我阿妈出奇地相像。山头上的旗子像受了伤的士兵，无力再替我们驻守那座山头了，我再也不敢往那里去。山后头的湖里住着一个绿眼睛的怪物。它牙齿发着寒光，尾巴长着毒刺，皮肤覆盖着一层苔藓一样的东西，嘴巴比我们家的米缸还要大，马骥说那头绿兽最害怕红色，于是我们就在山头上插满了红旗子。

都是雪的错，没有下雪就不会有那些砸死马骥阿妈的冰凌了。我越来越害怕出门，每天躲在被子里抱着黑鬼，狠狠地咒骂冬天这个坏女人。有一个秘密我谁也没有告诉——深夜时分我总能听见身体里有齿轮在转动，发出“咔咔”的声音，无休无止。在很长一段时间我认为自己是一个机器人，说不定就是水怪制造出来的机器人呢！不然我为什么这么惧怕它？又或者我是在惧怕自己？白天我总是坐得端正，模仿别人的动作和神态。有许多人说我是个“傻子”。可是一个聪明人难道不会看出我拙劣的演技吗？这些傻瓜一直没有发现这个在很长一段时间里与我相依为命的秘密。

每个深夜我都感觉我的每根骨头在“咯咯”作响。这场疯狂的舞会持续了整整一个冬天。我总会梦见有两个骨骼人在后山的湖边和绿兽一起跳着奇怪的舞蹈，日出时他们会一起跳进湖里消失不见。梦中的我在树林中偷偷地注视着他们，我知道他们发现我后会吃掉我的肉，这样我就变成跟他们一样的骨骼人了。

就像一场游戏。

等到春天我鼓起勇气去找马骥时，我身体里的所有部件都奇怪地罢了工，我再也不用害怕我是个机器人这件事了。哀伤的神情依然不屈不挠地跟着马骥，他越来越像我那浑身散发着火葬场气味的阿妈了。仿佛他趁我在路上休息时作了弊，瞬间就拥有了一个老人的面容。马骥又带我到后山看旗子，跟着他，我的心里永远不会打退堂鼓。

下山后我们乘着风回家，在一条宽阔的大路上看到了卡车这座庞然大物。卡车的后车厢上蒙着一块绿色的，油腻腻的布。我从这块布的破洞上看到了一只覆盖着白翳的眼睛。我的眼泪又耍起了人来疯，抑制不住地往下掉。我挣开马骥的手，扑向了这块令人厌恶的布："黑鬼！你们不要抢走我的黑鬼！"

然而出现在我面前的却是一张陌生人的脸，一张额头上留有刀疤的丑陋的脸。我从车厢上摔下来，眼泪更加止不住了。卡车甩下我和马骥奔跑了起来。

我坐在大路中间号啕大哭："绿兽，那个人是绿兽变来的……"

马骥注视着我，他的神情越来越悲伤了。

第二次见面时，这个丑陋的人完全激起了我对绿兽的最初回忆……

我在堤岸上走着，看到河中某块区域堆起了一座水做成的坟墓。我七岁了，我的直觉告诉我这块隆起的坟墓下面一定藏着什么令人毛骨悚然的东西。七岁的我可以模仿各种动物的叫声。我站在岸上学狮子吼，扮老虎叫，再模仿夜莺唱歌。可那块隆起的坟墓还在那里，跳舞一样前后移动、左右摇摆。接着我看见水中露出一双绿色的眼睛，比狼眼还亮。它张开血盆大口，几下就把我吃掉了。

多年后的我和马骥从山上下来时，在湖边看到了卡车上的刀疤脸和几个陌生男人。他们光着身子在湖里游泳，马骥握紧我的手，说这群光着身子的人都是小说家。我马上想起了家里花花绿绿的小人书。

刀疤脸朝我和马骥的方向游过来。可我惊声尖叫后就逃跑了。我在日光下看到一头绿色的怪物——绿眼睛，牙齿发着寒光，尾巴长着毒刺，皮肤覆盖着一层苔藓一样的东西，嘴巴比我们家的米缸还要大的……绿兽。

那个夜晚我蜷缩在房间里，因为白天的事情惊恐不已。我想起阿爸在那一年本来可以不死的。也许就是我第一次遇见绿兽的那一年，阿爸在某个夜晚说要去城镇里进点干货出去做生意，第二天吃饭时桌上就没有阿爸的碗和筷子了。阿爸听了阿妈的话留了下来，结果在半个月后就被同村的罗拐子砍死了。罗拐子赔给我家很大一笔钱，可阿妈再也笑不起来了。如果我想走而不走，那么半个月后我也会被另一个罗拐子砍死的。

把旧车子喷漆后就可以长途旅行了，我在车上贴满了我和马骥做的红旗，这样不管我走到哪里，绿兽都伤害不了我了。雾还没有散尽，我就想着去睡一个回笼觉。我睡着睡着就睡出事了。几个小孩在草地上垒高木头，点燃火堆想烤鱼，却没有想到把我的车烧了。他们看着我时惊惶的眼神就像我看着绿兽时是一样的。同是天涯沦落人，我就放过他们了。

在我开始构思第二个计划时，马骥把刀疤脸写的小说全部带来了，整个人兴奋得无可救药。他在阳光底下给我读那些文字——“我脚下的天堂燃烧着他们的余烬，我经营的酒厂藏了暴风和两只猫的瞳孔。”

从马骥满怀激情地朗读那些文字开始，我就知道我们已经互相背叛了。我也知道终有一天马骥会跟刀疤脸走的，因为我在他的眼神深处看到了一个崭新的马骥。

我在树林里把所有眼泪都差不多流干了，我跑到山上把所有旗子都拔了出来，为它们做了一个简陋的坟，以此纪念我和马骥的友情。

失去马骥后我身体里的骨头又开始工作了，每天深夜它们都把我的身体当成舞台。“咔咔，咔咔，咔咔……”很多年前阿爸就说过我是个跟别人不一样的孩子。

半年后马骥果然跟刀疤脸一起走了，现在他唯一让我敬佩的地方就是他居然可以微笑着面对刀疤脸的右眼上那难看的白翳。说到底刀疤脸跟黑鬼还是不一样的。临走前马骥说他要写一篇关于我和绿兽的小说，可我连告别都没有跟他说。

我意志消沉地生活着，都快在自己身上闻到跟阿妈一样的火葬场气味了。不知道从什么时候开始，我不再害怕绿兽了，它是一条通向过去的被截断的路，我再也找不到那个入口。

阿妈是在一个风雨飘摇的夜晚永远闭上眼睛的，她当时坐在床头给我打过冬的毛衣。毛衣打好了，阿妈走了。

我不知道那一年我几岁，只听见他们一直跟我说："你早就是大人了。"我不顾其他人的反对，把阿妈埋在大海里了，咸涩的海水可以帮阿妈除去她身上酸朽的气味。这海水真清啊，我蹲下来就可以看见另一个我。我仔细地洗着我的鼻子、脸颊、耳垂、嘴巴……被我洗过的地方都悄悄地、依次地发生了变化。洗完嘴巴时，我看到了一张比我们家米缸还要大的嘴巴。我的皮肤变成了绿色，从里向外不断地透出寒气，我的瞳孔也变成了绿色，变幻着不同的形状。绿兽跟所有侵略者做的事情是一样的，它入侵了我的身体。

回家后我在房间里照镜子，仔细地抚摸着我的鼻子、脸颊、耳垂、嘴巴……被我抚摸过的地方都悄悄地、依次地发生了变化。当我抚摸完我的嘴巴时，我看到了过去那张熟悉的、长满唇纹的嘴巴。我只是伸出了手，绿兽就不见了，可我知道它还在我身边，也许就在某本书里的最后两页中。我一觉醒来就可以看到它脚上受伤的蹼。"对不起。我记得这是有一次在湖边遇到你时，我拿石头砸的。"我还没有说完它就消失了。

分离的命运永远无法逃避，过去我从来没有想到那个我最害怕的湖会成为黑鬼的葬身之地。黑鬼狼狈不堪地泡在湖里，沿岸是一片斑驳的血迹，血迹上躺着一块流了血的砖头。

我看见黑鬼的魂魄像炊烟一样从湖里升起，和绿兽融成一体，它的目光马上湿濡了。我害怕绿兽和黑鬼会因为争夺我而打起来，就乘着风呼啦呼啦逃跑了。绿兽的影子总是松垮地盘踞在地上，尾巴摇摆，乘着月色轻而易举地钻进我的被子里。

时间像一条敏捷的黄鳝，稍不留神它就从我手中溜走了。绿兽常常用一种潮湿哀伤的眼神望着我，像极了马骥和阿妈。无论何时，它都可以从任何缝隙中钻进来，有时从炉子里，有时从路的拐角处，有时从我喝水的杯子里。它渐渐地靠过来，将我的身体吞没了。我的身体深处刮起了一阵飓风。

它成了另一个与我相依为命的秘密。

我已经很老了，老得把风霜雨雪都看厌了，也看不动其他新奇的东西了。可我还是想去看看后山，看看有没有小孩往山上插红旗。年轻时我总爬陡坡看星光，现在只能在平地上看了。星星垂挂下来，很快就会跟寒气一起坠落了。我像只战败的公鸡，缓慢地走在草地上，后面有一只绿色的兽亦步亦趋，魅惑的气息渐渐扩张。我依然按照刚才的步伐走着，反正它同阿爸的烟屁股一样，都是可以忽略的东西。

梦绕无形

（注：本文假设人类在25世纪已掌握改造星球的初步技术，改造后的水星拥有大气层）

○　　　●

/胡馨媚

“你看不见我，虽然我为你点燃。”——穆旦

1.

杨林从梦中惊醒，衬衫被汗水浸湿，紧紧吸附在后背。他梦见了他的未婚妻林焱。上一次见她，是在86天前。在梦里，他在航天训练中心看她训练，他和她之间隔着一堵无形的墙。她穿着厚重的宇航服，在模拟的失重状态下飘浮了起来。他竟看见她转头对他笑了笑，他能清晰地看见她的模样，他还听见了她微弱而又均匀的呼吸声。突然，她背过身去，越飘越远。杨林拍打着横在他们之间的那堵墙，竟然没有发出一丝声响。他已经看不见她，他无法前行。

被调控成三维立体的太阳系全息图像尚未关闭，在头顶有条不紊地运转着。小行星四处游走，大行星一边自转着一边缓慢地在轨道上移动。杨林躺在床上看着，一瞬间安静得要把心脏跳动声吞噬。有那么一瞬间，他觉得自己像它的中心，而每一颗星星都是在为他而闪烁。

他以金星为视角调整了主视图，并取消了太阳的显示。呈现在面前的，是坑坑

洼洼的水星，它即将完成绕椭圆轨道转动的一圈。杨林推测，还有两天，它就能完成它的又一圈公转。这圈公转刚好从他和林焱分别那天开始。

杨林之所以取消太阳的显示，是因为它离太阳最近，常常被太阳光芒遮盖住。他又将视图放大几倍，但漆黑的房间里，水星发出的微光甚是明显。

他盯着它直到眼睛酸痛，这才开了灯。全息图像感应到光线的强烈而自动消失。他坐在床沿，茫然看着无处落脚的地，地上满是被揉成一团的纸，把目光移向桌面，桌面上也有纸，不过是整整齐齐地码在一边。

杨林选择让房间管家清理一下地上的垃圾，自己则找出一套干净的衣服，赤着脚，踩着一地纸团走出卧室。

房子的某处响起了水流声，打破了两个多月的死寂。

2.

卡莱尔博士做了个“请”的动作，绅士地欠了欠身，让出一条道来。

安娜向博士点了点头，示意她已准备完毕。

博士向所有人挥了挥手，人们都抬起头注意博士的手势，又急急忙忙地低下头去。

“各部门注意，开始倒计时。”

“各部门注意，六十秒之后，实验开始。”

“各部门注意，五十五秒后，实验开始。”

“我等你。”三个月前，在家门口，杨林对她说。

“好，你等我。”林焱别过脸去，眼眶里的眼泪就要溢出来了。杨林是了解她的，他当然知道她其实也像一个小孩子一样，对未知的事物有着新鲜感，所以一次复一次地去冒险。

她抱着他，恋恋不舍地把头用力地在他脸上蹭了蹭，用脸贴了贴他满是胡楂的下巴，像只不安的小兽，发出低声的呜咽。

“你怕吗？”杨林问她。

“不怕，因为有你等我。我保证，我会回来。我们要在太空结婚，我们还要生个孩子，孩子叫什么好呢，就叫杨林焱吧，不管是男是女，这个名字都通用，哈哈，我发誓！”林焱做了个指着天的动作，然后不由自主地笑起来。

“你不要害怕，我在这里，等你回家。”

但两个月后，林焱在水星的卡洛里斯盆地登陆没多久，警告的红灯像一只狰狞的眼睛闪烁起来，她真的害怕了。

林焱发着抖，强迫自己冷静，检查了一切：设备与制服，正常；氧气管，正常；飞船连接带，正常……她尝试与飞船取得联系：

没有回应，没有回应，没有回应。

红灯依旧亮着，耳机里是“嗡嗡嗡”的杂音，她回想起小时候一个下着雨的午夜，空气闷热且潮湿。楼道里传来诡异的手机铃声，一声一声地没有间断，她从梦中惊醒，大口大口地喘着气。头发湿漉漉的，像是被水淋过，她一个人在家，缩在被子里，不住地颤抖，像一只受到威胁的小兽。

没有回应，没有回应，没有回应。

林焱绝望地抬起头，才发现天空被照亮了，发出灼灼的红光，她用肉眼看见了什么东西在迅速地燃烧下坠，红光爆裂开来，占领了一切。那是一颗小行星正在向水星撞来，它已经进入了大气层，奋不顾身地开始燃烧。

她下意识地开始奔跑，穿着笨拙的宇航服的她行动极其不便。她跑了没几步便抱头蹲下。不远处传来一声巨响，热浪一波一波地扩散，她能感到一阵阵的震动。但她仍不敢动，待在原地。

林焱回想起她与杨林的初见，她说自己叫林焱，他说你那么热，会不会把我的树林烧得一干二净。她告诉他自己的母亲还是相信古老的五行说，她缺火，所以叫林焱。她和他渐渐熟识，相知，后来她说，我愿意燃烧，发出的火光，使你看得见我。

“不要害怕，我在这里等你回家。”林焱恍惚之中听见了分别时杨林的承诺。

不知过了多久，她缓缓地起身，保护层被烧了好几层。所幸那颗小行星没有坠毁在她所处的安全范围内，不然她还来不及发出火光让杨林看见她，她就被烧得一干二净了。她接连做低空飞行，很快，她看见了那颗已经停止燃烧的小行星，看上去也没有一丝热量，像是被极速冷冻过。它的周围散落着碎片，都呈银灰色，发着冷冷的银光。她取了两块装进采集袋，同之前的标本一起密封好。

与此同时，与飞船的通信又恢复了正常，她请求离开。

“不要害怕，我在这里等你回家。”林焱又想起这句话，她要活着，至少不能死在太空。在地球上还有个人，那个人在等她回家。

“激光扫射停止！”

“实验结束！实验结束！”

卡莱尔博士跑到实验舱前打开舱门，关切地问：“感觉怎么样？”

“没有感觉，和平常一样。”

安娜坐在电脑前，忽地站起身跑过来，她大嚷大叫着：“我的天……博士，波形出来了！”

“好了，我知道了，莽莽撞撞的，一点都不冷静。”博士挥了挥手，示意安娜不要再讲了，“我们来研究研究，不好吗？”

安娜嘟囔了几句，还是知趣地闭上了嘴。她拿出遥控器，波形就在面前显示了出来。那应该不算是波形——笔直的一条线。

3.

杨林在空空荡荡的路上走着，他对此已经习以为常。

出门的人，越来越少。其实早在四个世纪前，社会信息化就很快了，所有人都抱着一个在当时叫手机的玩意儿，那东西又大又不好使用，他不明白当时那东西为什么那么招人欢喜。后来，环境恶化严重，出门要戴上面罩才能防止漫天的灰尘堵塞呼吸道，人们习惯于待在家中。一个世纪前，各个城市都开始建立通道，使得所有的建筑互相连通，通道都是在室内或者地下，并没有必要到外头去，在外头的人，一个个地消失了。旅游是古代人消遣做的事。就连送货公司都采用了无人机派货。城市死寂如一片公墓，每个人为自己建造了一座坟墓，日复一日地做着梦。

但杨林在路上，他不是漫无目的地行走。

他从通道到了一栋小公寓，公寓是新修的，每户都被政府强行安装上了面部识别系统。他走到属于自己的那一间门前。

“咔嚓。”

这是一间闲置房，房里放着爷爷留给他的老古董。他按照古老的方法为机器接上电，机器“嗡嗡”作响，像个小老头“唧哼唧哼”地呻吟，只不过机器的声音更巨大、更突兀罢了。杨林小心地使用着，每个动作尽量地放轻。

半个小时后，他获得了一张照片。

照片的最初来源是今天早晨网络上的新闻图片，现在被放大了十多倍依然十分清晰。照片中的林焱穿着厚重的宇航服，茫然地站在空旷的卡洛里斯盆地。周围的热浪也被杨林处理得很好，仔细看还能看见边上向上翘的波纹。但这些都没有引起他的注意，他死死地盯着照片中林焱的左臂，指示红灯在灰暗的世界里特别显眼，似乎马上就要从照片里逃脱出来，燃烧一切。

杨林关闭了机器，带走了照片，匆匆地离开了公寓，搭乘地下飞行器去了国家航天器制造研究中心。

两个月前，杨林把一叠纸拍在吉瑟夫的桌上。

“按照图纸上的要求做，两个月，我只给你两个月的时间。”

吉瑟夫看都没看杨林：“国家性项目排到明年了，除非是航天局的加急项目或者国际合作项目。两个月，你开玩笑。”

“吉瑟夫，我没有开玩笑。”

吉瑟夫猛地回头，不好意思地看着杨林，挠挠头说：“没想到是你啊，杨林老弟，这就是你之前说的项目？”

“是的，我要两个月。”

吉瑟夫面露难色：“两个月可能不行，四个月。”

“不行，只能两个月。我把图纸都给你了，都是算好了的，之前我做了个小模型，我保证没有问题，我只要你们制造成品。”

“两个月……”

“我出双倍的钱。”

吉瑟夫答应了。

飞行器在二十分钟后到达了目的地。吉瑟夫出来迎接，在他的带领下，杨林到了发射基地。

“喏，那儿。”吉瑟夫指了指，那是一个有着灰黑色外壳的飞船，表面由于光滑还发着光，“要不要进去看看，你双倍的钱可没白出，设备都给你用好的。”

“不用了，我如果要使用它，什么时候都可以过来，对吗？”

吉瑟夫点点头，杨林又瞥了眼属于他和林焱的飞船，便匆匆地走了。

他听见吉瑟夫在后面喊：“嘿，杨，你真的不进去看看啊？你真的不去吗……”

杨林刚离开国家航天器制造研究中心，他就在路上收到了一架无人机寄来的信函。

在现在，通信基本依赖电子邮件，一般的机密文件才是专人来送或是用信函来传递。杨林想起了照片上林焱左臂宇航服上亮着的红灯，脚软了一下，他搭乘上了飞行器，才缓缓地拆开信函：

尊敬的杨林先生：

您好！

请您收到信函就即刻前往美国得克萨斯州休斯敦，我们在此恭候您的到来。

你的朋友，卡莱尔博士

杨林快速地叠好信函，调出飞行器的菜单，把目的地更改成美国休斯敦。

4.

“欢迎来到休斯敦。”卡莱尔博士向刚钻出飞行器的杨林伸出手。杨林同他握了握手，道了谢。卡莱尔博士请杨林上了自己研发的多人飞行器，这个飞行器十分有创意，整个外壳是透明的，在高空中向下看还让人有点害怕，心里慌慌的。

“博士，您找我来不会没有原因吧？”

“有，当然。”博士看了杨林一眼，“您的未婚妻消失了。”

杨林盯着博士，博士急忙补充道：“不过她肯定还活着，我说的消失您或许现在还不明白，不过马上您就能知道。”

杨林点了点头，倚靠在椅子上，已经无力言语。

卡莱尔博士有些沉不住气，但他没有再发话去打扰客人。

飞行器速度很快，十分钟后降落在卡莱尔博士的独立实验室门口。他一面把杨林迎进去，一面说：“我不给你拿文件了，我简单地描述一下盲物质，就是隐形物质，任何光线都将从物体周围绕过而不被吸收，同时它也可以使光线变形。”

博士笑了笑：“您的未婚妻林焱女士是发现盲物质的大功臣。您应该注意到了，她在水星登陆后，警示的红灯亮了。那是因为当时有小行星即将撞击水星，不过她很幸运，小行星没在她的安全范围内坠落，而且当时和飞船的通信也受到了影响。她采集了行星碎片，只有研究太空物质的我及其他几个人员知道。在当时，那两块行星碎片就已经呈现了隐形状态。我选取了其中一块的一小部分制成了几个世纪前就有很多学者热衷于研究的‘隐形衣’。林焱女士同意和我们合作来完成实验。”卡莱尔博士顿了顿，看了看杨林面无表情的脸，“实验的时候我们让林焱女士穿着隐形衣。实验进行了一个多月，我们完成了大多数项目，但就在这时，林焱女士也呈隐形状态了。也就是我之前说的消失。”

卡莱尔博士永远也无法忘记，结束了激光实验后，负责观测林焱的人员离开了一会儿又匆匆回来说：“林焱说她脱不下隐身衣了。”他当时认为不可能，直到林焱的声音传来：“博士，它和我融为一体了。”

“她在哪儿，我要见她。”杨林“腾”地推开椅子站了起来，椅子同地砖发出清脆的撞击声。

“杨林。”

卡莱尔博士轻轻地起身离开，说：“你们聊吧，有事情可以按门口的通话按钮。”

杨林还没有反应过来，向四周看了看，然后发出了一声苦笑。

“我看不见你了。”杨林对着空气微笑，他不希望她知道自己难过。

“别装了，我知道，你在乎，你很在乎你看不见我。”

杨林鼻子一酸，就差没有哭出来：“我们的婚礼，你说过要在太空举行。可是飞船造好了，你却消失了。”

“我没有消失呀，我就在你身边啊。只是你看不见我而已。”林焱的声音轻得像一片羽毛，杨林抬起头，吸了口气：“那你怎么办？”

“卡莱尔博士已经决定公开盲物质的发现以及实验结果了。”

杨林点了点头，说：“我们结婚吧，我们去太空，顺便领养一个孩子。”

林焱没有再说话，杨林舒展开双手，然后他感到了一股无形的力量把他的一只手牵住，然后握紧。

5.

研究盲物质的学者推崇一个假说。

小人药水假说：一位出自魔法师世家的人学会了制作小人药水。只要喝一口，就能把自己变小。国王知道了以后，请他利用小人药水潜入敌国打探情报。这个人答应了，一次又一次地获取了很多情报，但在一次又一次地变小之后，他再也没有变大。

在当时，无数盲物质研究者致力于寻找盲物质，一年时间内各国的航天研究中心都接到了各种飞船的订单。最后，他们纷纷前往水星，大多数无功而返。

少数人获得了盲物质，那些人狂妄地想让融合现象发生，因此可以得到更多的盲物质。

盲物质研究者们似乎连远古蚁类都不如——那是一种极低等的生物，它们没有眼睛，靠低等的触角器官交流与认知世界，纷纷想要去搬动比自己大了不知道多少倍的重物。

科学一下子还适应不了那么多双眼睛对它投射出的狂热光芒，狂热的研究者们为了盲物质而使眼睛失去了认知事物的功能……

——节选自《盲物质改变了什么》星球出版社2543年第一版

“安娜，数据怎么样。”

“列勃格夫博士，波形依旧不稳定，起伏剧烈。”

列勃格夫叹了口气，他就是那获得盲物质的少数研究者中的一员。他花费了自己毕生的积蓄用于这个实验，前往水星收集到了20g的盲物质。曾自大地宣称能在半年之内大规模地生产盲物质，一年过去了，但所期待的并没有发生。概率实在太小太小了。乱码粒子无时无刻不在排列，就像漫天的灰尘一样，没有人知道它会成什么样。

“安娜，你不能找到宇航员林的下落吗？”

“抱歉。卡莱尔博士已经隐居，对于他来说，我只是一个背叛者。而且，他也不一定知道。”

茶杯被重重地放下，同桌子相撞发出了尖锐的声音。

“安娜，我希望你能够参加我的实验。”

列勃格夫搓着手，盯着眼前的茶杯，他又重复了一遍：“安娜，我真挚地希望你……”

安娜冷冷地盯着列勃格夫，缓慢地吐字：“博士，您，真的，这样决定了？”

“是的，安娜，我希望你能……”

“好的，博士，我同意。”安娜没等博士把话说完，就爽快地答应了。

“砰！”

列勃格夫应声倒地。安娜淡淡地瞥了眼那具尚有温热气息的尸体，列勃格夫因为安娜答应请求的笑容还在脸上。安娜平静地闭上双眼。

不会再痛苦了。

“砰！”

列勃格夫的实验室里又传来一声沉重的枪响。

6.

杨林焱揪着杨林的衣角：“爸爸，爸爸，妈妈到底在哪儿啊？为什么我们看不到她？”

“她一直在你身边，你看不到她，就更要相信她一直在你身边。”

“妈妈，我好想你，如果你在我身边，给你吃颗糖吧！”

杨林焱虔诚地闭上眼睛，像只吐泡泡的鱼张开嘴巴。不一会儿，他真的感到口腔里掉入了什么，甜甜的。他仔细地品味着，真的是一颗糖果！

他轻轻地睁开眼睛，如花瓣绽放般。他的身边没有人，爸爸坐在桌前看着书，悬浮屏幕的游戏还打开着，自己的小矮桌上摆着还没来得及拼完的模型……糖果真

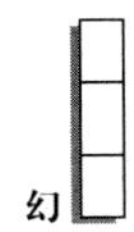

实地存在。他跑到杨林跟前："爸爸，爸爸，刚刚有人在我嘴里放了颗糖。"

"那是妈妈啊，妈妈能听见你的愿望。"

"爸爸，你不是说我的名字是由你的名字和妈妈的名字组成的吗？妈妈为什么名焱，她是不是怕冷，所以要很多的火啊？"

"你妈妈可勇敢了，怎么会怕冷。如果你冷的话，她可以为你点火。"

"真的吗？"

杨林焱的话音刚落，他的眼前就升腾起了跳动的火焰。他抱着杨林的手臂，眨巴着眼睛看着火焰。

火焰燃烧着，把整个世界照得明亮。

Part 8 微凉的天空比你还远

南遇与左怡

校园和乐队

慢慢放逐

底片

出卖

● ● ● ● ●

● ○ ● ● ○

○ ● ● ● ●

● ● ● ○ ●

● ● ● ● ●

● ○ ● ● ●

南遇与左怡

/万霁萱

1.

我是南遇。

高中生可能是我现在最引人注目的标签，背着还算有重量的书包，穿着重点高中的校服走在街道上，就算耳朵里插着耳机听不到迎面而来的鸣笛声，我知道依旧会有人为我开脱找路，所以我总得好好利用自己目前的价值。

中午十二点我会准时骑着自己的黑色摩托经过学校附近的公交车站，春天的街道上总会有恼人的白色柳絮，坐在我后座的女生每次都会递给我一次性医用口罩，颜色会依据女生的不同而变化，比如今天我戴了白色的口罩，而昨天是蓝色，有可能几天都会戴白色的，但这不能确定坐在我身后的女生就是同一个人。我没有固定的女性朋友，“女朋友”这个概念在我的头脑中从来都没有成型过，或者曾经成型但可能胎死腹中，我不清楚具体时间与对象，不过这些都不重要，重要的是每天都有坐在我身后的女生为我招摇过市，但这样一个简单的标准却总让很多人望而却步。

我不是花花公子，也不是玩弄成性的浪子，我只是抗拒拆卸与眼泪，别说我只是找个借口游戏女生，我能给的只有一个座位，掏心掏肺都是见光死的事情，我不费气力，因为已经有被包裹鲜血的前车之鉴，它太深刻，或者对我来讲，它是南墙，我永远也不会选择撞它。

我是一个喜欢装乖的痞子，校服里的白色衬衣总会规矩地扣好第一个扣子，校服会拉到规定的第一条线，穿没有脏迹的白鞋，戴白色的手环，剪清爽的平头，努力露出标准的八颗齿笑容，成绩不是最好却是班级前三，主动申请坐在最后排只是为了躲避班上无聊的女生，在我脚下教室的同样位置有我的发小高成，理科高才生，戴蓝色镜片的坏男人，却总不坏自己的未来。

今天天气意外地阴沉，四月天的变化让人心生奇怪，好在把速度提起来的时候还能感受到一些稀少的暖风，高成骑着他的银灰摩托在我左侧，我能感受到他时不时递过来的排斥表情，我知道今天坐在我身后的寒静格外聒噪，这对最近在情场上有些失意的高成是一个打击，因为他要追的女生和寒静是好朋友，而正是因为寒静的原因，女生拒绝了高成。没办法，谁让你的坏从你的眼睛中就能漏出来，我暗自撇嘴笑了笑。

十字路口是红灯，刚停下来的时候高成出其不意地踹了我一脚，果然是看出了我对他的嘲笑，我却不动声色地拍拍灰尘，不打算理身边这个暴怒的简单理科生。倒是寒静幽幽地从背后冒出一句："本来天儿就阴，身边还来一团乌云，南遇你说可怎么办。"通过后视镜我和寒静的眼神对上了，终于还是忍不住笑出了声。高成黑着脸恶狠狠地看着笑得人仰马翻的我们，却没有做出一点儿回应，我想他这次可能是真动心了。

但对方是左怡，高成可能只是被后浪席卷的浪花，够不到塔尖，即便高成够精神帅气、成绩漂亮得让人赞叹、足球的中锋踢得足够好，左怡对他却还是不闻不问。左怡是高成心中不可方物的女神，可能全校男生都会喜欢左怡，但却不是每个人都有让左怡当自己女神的资格。

左怡和我同班，文科年级公认的第一才女，我们在同一个校刊杂志当主编，一同出过班级板报，一起接受过本市杂志对优秀高中生的采访，一起到外地参加节目，但我却从没喜欢过她，或者说我与她的接触仅限表面的举止客套，剩下的我们互相一无所知，我们彼此孤芳自赏不曾侧目。

就为这些，高成险些和我断了18年的兄弟情谊。因为在他逻辑线条明确的思维中，没有男生不会喜欢左怡，当然这其中除去同性恋，剩下的芸芸众生都应该接受左怡女神的光芒普照，听完高成没有一点儿文学性质的描述后，除了和他开打几分钟外，没有任何言语能消除高成对我的怀疑。往往打架对我们来说就是最好的佐证。

2.

我是左怡。

我不是疯子，但却总想当一个疯子，这样所有的事情就都有了合适的排遣出口，周围不会被在意，在意的人也只会混迹其中，只要有舞台有聚焦和中心，剩下的天晴风雨、人祸事端都与我无关，但是却看不到想看的人的眼睛，无论我怎样努力。

我在的高中是市重点，每年都会有大把大把的人考上已经泛滥的大学，无论什么事情都在没有底线地降低自己的门槛，但至少还有一件事情没有被炒热，所以我时刻都在感谢这群没有信仰的人们炮制的社会，还有我能有所向往。这个事情，离我很近但是我够不到，这很可能是我18年来唯一一次够不到的事情。它与一个人有关，我是个小心翼翼的姑娘，不会轻易暴露自己的。

每天骑山地车上学、反扣嘻哈帽戴耳机的事情在别人嘴里都被咀嚼太多次成了残羹冷炙，他们口口相传的左怡是一个长发垂肩、不流俗套的文静才女，不好意思的是我和这个人不太熟，准确地说我不喜欢这样的姑娘，但是不知出于什么心理我却每天都在重复这样的形象，乐此不疲，因为我想继续在别人的热点中驻留，这样那个人就会一直听到与我有关的消息。我说过，我很小心。

我在高二五班，文科重点，年级第一，才女，似乎无所不能但实质笨拙无用。别人眼中的我，是上课认真做笔记，时不时会左手托腮举手问问题，笑起来的时候右手会下意识地遮住笑开的嘴，走起路来轻盈得好像能飞起来，写得一手好文章，文采实在高不可攀……这些都是我从寒静嘴里听到的，她是我唯一的好朋友，是我打探这个学校上上下下隐秘消息的来源，是我聒噪的同桌，但我可以忍受，因为在她眼中我是完美的。

寒静是靠着关系进到这个重点班的，并且又是因为关系和我成为同桌，不学无术、单纯善良、热情得能让冰山畏惧、情绪风风火火没有落脚点，坦诚得可爱，我们同桌近一年，而在这三百多天里，南遇是每天的话题。

“南遇今天载别的女生，你认识啊，就是高成他们班的唐水……”“南遇今天的白衬衣好像换了款式，领子很独特啊……”“南遇今天竟然穿了一双灰色的AJ，他不是只穿白色吗……”“喜讯啊！南遇今天要载我……”

南遇载寒静的次数越来越多，每次中午放学我还在收拾东西的时候，南遇就会笑眯眯地背着他那个深蓝Nike包来到第一排等着寒静，他总喜欢靠在讲台边，有的时候是调整帽子的角度，有的时候会在讲台上用粉笔画着什么，但大多时候他都是看着寒静收拾书包，我不知道他的目光有没有分一点给我，至少没有过一次眼神交流。寒静收拾东西的速度很快，基本上不用南遇等就会把书包甩在肩膀上推着南遇离开，而每一次走出教室前南遇都会礼貌地微笑和我说下午见，我也会淑女似的点头回应。等到他们的背影消失在走廊后，教室也就空无一人了，每个人都抓紧赶回家犒劳自己元气大伤的脾胃和大脑，下午还是一场持久战。

第一次看到高成是在不久前的下午，教室人走光后我放下书包走到宽大的窗台前轻松地坐了上去，MP3里循环着小熊饼干的Silence，一支来自克拉玛依的小型乐队，耐不过生活压迫最终还是天各一方，而这首Silence正是他们的巅峰之作。

我尝试着闭上眼睛跟上小普的节奏，唱到一半吉他声过渡的时候我听到了孤单的掌声，我疑惑地睁开眼看到高成靠在我对面的桌子上，饶有兴趣地看着我。我本来是想维护形象从窗台上跳下来，转眼一想索性放弃这个幼稚的念头。

“你来我的乐队吧。”这是高成和我说的第一句话。

“我啊？”我用伪装的声音不好意思地回答。

高成皱了皱眉：“别犯嗲，我知道你是左怡，但是我知道我刚刚见到的那个人是另一个你，所以还是用刚才唱歌的声音吧。”

突然感觉到面部发烫，我知道自己不争气地脸红了，但还是想要努力辩解一下，就这样一针见血地被这个男生揭穿的感觉像是在夏天穿着白纱裙优雅地走在海边，却被上下左右风掀起了裙底一样尴尬，真是很久没有重逢的感觉。

“你是谁，进我们班干吗？”我轻巧地从窗台上跳下来，重拾起自己的优雅，故作高姿态地走过高成面前，拿起放在桌子上的书包。我当然知道这个人是谁，甚至他学文学理、在哪个班、人品怎样、受不受欢迎等琐碎事情都一清二楚，托寒静的福，可我还是要装作一无所知，因为想要为高成创造一个毫无预知命运注定的开始。只是高成却似乎并不这样想，和他对视的时候我能清楚地感觉到另一种情感缠在里面，不是仰慕和占有，而是一种我知道你的洞察感。

“我叫高成，你们楼下班的理科生，有一个乐队叫‘痒’。”高成简单地自我介绍后走近我，脸色神情慢慢变得戏谑与调侃，他走近我后停住，蓝色镜片后的双眼的确迷人，“我想请你来做乐队主唱。”我见过比他更迷人的双眼，所以我毅然决然地走掉，没留给高成一个可供想象的表情，他一定有挫败感，但没关系，他的挫败感持续时间越长，我离这个事情就会越近。

我说过，我很小心。

3.

我是南遇。

已经是四月了，还有一个多月的时间我就要成为名副其实的“高三党”，每次看到对面那栋暗灰色教学楼里死水一般安静的时候，我都会嘲笑一番并且暗下毒誓高三我绝对不会这样无聊。

高成的挫败感与日俱增，但战斗力却从未被浇灭，每天下课铃一响都会兴高采烈地跳上22级台阶创造与左怡的会面，我总喜欢靠在门后面双臂相抱看着高成被羞辱，看着他有点儿丧气地在上课铃的音乐中蹦下楼梯，好在高成没有把这些放在心上，可能除了喜欢更多的是欣赏，“倒不如直接做朋友。”有一次放学我和高成说，这小子委屈地说：“我的一切努力都是为了做朋友啊，谁知道这还不行。”然后我们的目光纷纷看向坐在我身后的寒静。“干吗？左怡不理你你赖我干吗？”寒静嘟囔着瞥着高成。

“痒”是高成在高一就组建的乐队，高成是鼓手，键盘是高成的初中同学小宇，现在已经辍学，靠着家里的支持在闹市开了一间酒吧，而这也正是“痒”每次的舞台，贝斯却是高三的一位老将，主唱换掉了两个，现在的同样也是一个高三生，而正是因为“高三党”的存在，“痒”已经将近一个月没有开工，这两天高成跑了两次暗灰色大楼，终于让这两个人退了乐队，玩儿了三年贝斯的我自然而然成了贝斯手，但是主唱却一直没有定下来。

“其实我觉得左怡不错。”高成走在我身边时说。放学的人几乎已经走掉一大半，楼道里有些空荡。听到高成这句略带回声的提议，我有些不太相信：“你确定？别因为是你女神你就以为人家样样精通啊。”“我还真的听过一次，她唱歌的声音完全换了另外一种感觉，很不错。”“别瞎掰了，你什么时候听过啊？”我嘲笑着高成。“有一次放学，我去你们班找你，你都走了那次。”仔细想想，实在不知道左怡唱歌会是个什么样子。“那你能拉她入伙？”我半开玩笑地问高成。走出教学楼的时候，校园里还有稀稀拉拉的人伴着陈旧的光线，篮球场上还有精力充沛的学弟们，只是不远处的足球场空空一片。

“什么时候踢场球啊？”我拿出钥匙打开车，高成已经骑着摩托来到我面前，听完我的话后，他转过头看了眼球场：“草皮都没有了，回头你铲我的时候我不得鲜血直流啊。”“后天我要和左怡开始准备高三毕业生的晚会，那个时候我和她商量商量。”说完这句话后，我聪明地加快速度冲了出去，高成气急败坏地在我身后怪叫：“你小子还说没有坏水儿，我告诉你，别打小爷我看上人的主意。”我没有放慢速度，因为一旦放慢，这个简单的理科生就会立刻追上来暴打我一顿。“可能会说通吧，实在不行让寒静去和她说。”我一边加快速度，一边心中想怎样把左怡拉入乐队。高成在身后紧追不舍，我却突然停下车，油表里显示油箱已经没有油了，我带着谄媚的嘴脸下了车转头看着高成停下来，自动乖乖地双手就范把车锁好在路边，然后接受了与高成的对打，谁让一会儿我还得用他送我回家，但是高成却狡黠地以一首歌词作为目标，为了保证“痒”能够顺利恢复原先的状态，只能出一首新歌拉回观众的视线，所以高成把我送回家并且约定了半夜要歌词后便扬长而去，我抬起头看天，很荒凉，却也有种说不出的温暖。

把歌词发给高成的时候已经是凌晨，关掉电脑后突然有了一种想要给左怡看的冲动，这种感觉许久未见却让我坐立难安，很新鲜，像是嗜血的困兽，等了很久才看到误闯入视线的离群小鹿。

你还是走吧

我听说你离开得匆忙
没有再见也心胸坦荡
夜班公交在城市流浪
开到久远的无人雨巷

他撑着伞在徘徊张皇
她披着丁香走过身旁
我看到他们彼此张望
下一秒却被夜雨砸伤

一天一天世界在癫狂
我一笔一笔画着你的名字在夜雨初上
一天一天城市在消亡
我一下一下擦除你的样子眼泪在疯狂

如果听说你曾为我们的未来渴望
如果听说你曾为我们的过去向往
我情愿一块一块割掉跳动的心脏
但是你还是走吧我来为自己收场

你说这座城市在隐藏
等到雨天才袒露模样

所以才会丢掉了张扬
独自一人走上了小巷

站在街角却只想逃亡
你给的雨伞让我恐慌
摸不到你温暖的面庞
不如让手腕描绘天堂

4.

我是左怡。

早自习的时候，南遇破天荒地从教室的前门走进来，走到我面前停下，没等到寒静说什么，他就满脸疲惫地从书包中小心地抽出一份文件夹递给我。“这是关于毕业晚会的资料，我打了出来你先看看。”撂下这句话后南遇打着哈欠走向教室后面，临走前若有所思地看了我一眼，我觉得他还有什么想说，但是却不好意思说出口。

“真羡慕你，总有和南遇在一起的机会。”寒静趴在桌子上无聊地敲着笔尖懒洋洋地说，将近一个星期南遇没有载她回家了，这件事情严重地打击了寒静，但是基于南遇同样也没有载过其他女生，寒静还是多少心里有些平衡。只是有一天在数学课上经常睡觉的寒静异常清醒和严肃，没过多久就传过来一张纸条，上面写着：“你说南遇不会是和高成在一起了吧？”看完纸条后我哭笑不得，可以见得这个星期寒静在心里经历了怎样的斗争最终才得出这样一个自欺欺人的论断，我不好意思反驳，只能果断地表示认同。“一个整天只穿白衬衣的自恋狂最终的结果只能是和简单的工科男在一起。”假装表示完我的愤慨后，寒静整整一节课都没有理我，我觉得我再一次伤害了她关于南遇的幻想。

果然没有看错南遇没说出口的意思，在文件夹的背后夹着一张歌词，我拿着那张歌词看了整整一个早自习。这种闭上眼视线就快要被融化的感觉，像极了每一次趴在窗台看向窗外的景色，像是在一场旧事的阴霾中靠拢在墙角颓废的阳光，躲在众人视线里的拥抱，像是张开双臂，你就在眼前。

寒静把英语书竖起来趴在桌子上看向我：“小贱人！你发什么愣，一会儿那个变态要进行随堂测验，……你听我说，按照老规矩你就把卷子轻轻放过来，……嘿，你起来干吗去？”我在寒静努力压低的声音中站起身，整个教室都在“嗡嗡嗡”地准备英语老师的测验并没有人注意到，但是我能明显感觉到有一个人就在身后注视着我的一举一动，带着怎样的眼神呢？我不知道。

英语老师被我的起身吸引了过来：“怎么了左怡？”我挤出笑容：“老师，那个王主任让我和南遇今儿早上去他办公室商讨一下毕业生晚会的事儿，所以……”果然这个理由足够强大，“行，没事儿，一会儿那个测验对你俩都不是问题，放心去吧。”她爱抚地拍了拍我的肩膀，除了回应惹人爱的笑容我别无他法。寒静无可奈何地起身让座，经过她身边的时候我清楚地听到一句咬牙切齿的“我要杀了你”的警告。

南遇坐在最后一排，他低着头安静地看着手上的书。我的步子有些慢，慢到南遇察觉到有人在靠近后抬起头看向我，就像是面对我即将未知的一切，我的生活是老旧电影的倒带，我的梦境是舞台剧预先的彩排，那些失真的画面与哑掉的情绪，现在全部震荡在头脑中无力说清，时间随时更改的时刻，但事件却依旧是旧事的影印。

“出来一下。”我用那个文件夹的边角敲了下南遇的桌角后便走出教室，教室里依旧是“嗡嗡嗡”的声音，但能感觉到探寻的眼神与窃窃私语，身后有凳子撞击地面的声响，然后是若无其事地跟上来，轻轻地关上了后门。

“怎么了？”南遇尽量还是保持着礼貌的温和笑容，但他却靠在走廊的墙壁上，像是一个安静版的高成，我有些不习惯但却异常喜欢眼前这个慢慢露出性子的南遇。

我扬了扬手中的文件夹：“我看到了，歌词。”

“哦，是吗？”南遇挑了挑眉，眼睛里多了一些情绪在里面，但我却猜不透。

“什么意思？”这篇歌词我曾在校刊杂志的稿件中看到过，只不过并不完整，只有零星的几句词和被谱出的简单旋律，那时南遇就坐在我身边，我好奇地问他知不知道这是谁的，南遇却不动声色地拿过那张白纸简单地揉成了球扔进了垃圾桶，那是一年前的事情，我和他是在不同的班级，彼此陌生且客套，看到他扔掉后我惊讶地想要捡起来："多好的稿子，可以继续的啊。" "为什么要去捡垃圾？" 南遇带着讽刺的语调拦住我，我对上他的眼睛，就像是茫茫白雾的冰冷，自从那次以后，我和他都像是碰到了一个不能言说的事情，继而一直尴尬，直到现在。

"没什么意思啊，就是歌词。" 南遇笑眯眯地看着我。

"说吧，重点。" 我终于败下阵来，时隔一年后我终于看到了它的完整版，那天眼前这个人的不动声色可能是另一种慌张无措，但是为什么一年后，他却要处心积虑地让我看到它。

"要不要来乐队做主唱？就这首歌。"

"为什么是我？"

"因为是这首歌，所以不想被别人糟蹋。"

5.

我是南遇。

毕业生晚会的排练每天都在进行，我和左怡总会逃掉每天下午的第四节课跑到小礼堂去对稿子，顺便看一看被挑选的节目。有一天正在串词儿的时候，左怡悄悄捅了捅我的胳膊，我疑惑地抬起头后左怡朝舞台的方向努努嘴，顺着目光看过去，一个"波涛汹涌"的女生正在热情似火地跳着街舞，我默默地收回目光尽量把自己的身体和座位贴得更紧一些，左怡不怀好意地嘲笑我："不是你最爱吗？还不多看看。" 冷眼瞥着已经笑得快要钻到座位底下的她，真是一句话都不想再和这个人讲。

我喜欢胸大女生的不雅传闻来自高成，而这个传闻则来自乐队的第一次排练，可见为了烘托气氛我做出了很大的牺牲。乐队第一次排练是在小宇的酒吧，周六下午的酒吧还在闭关中，左怡推门进来的时候小宇正好出去买水，我背对着门口正在换无袖T恤，四月底的天已经有了燥热的前兆，高成坐在架子鼓后敲了一下鼓，我一句话骂过去“抽什么风”后就听到身后传来幽幽的问候声：“你好，闷骚少年。”我石化在原地等到小宇回来还在讨伐“闷骚”两个字与我多么地不搭，在之后高成就无数次地用我爱大胸妹的废话骗取左怡的欢欣和关注，每一次的轰炸都加深了我作为闷骚少年的特质，每每想要张口解释就被三个人轮番轰击到口干舌燥，我明智地选择不再开口，只是低头弹着新曲的调子。

左怡的声音比我想象中的还要有穿透力，练习的时候她就站在我身旁，没有用麦架的她随意地握着话筒，但是情绪饱满甚至要穿破我想要竭力保存的共鸣。她闭着眼睛娓娓道来一个藏匿在词中的故事，像是亲身经历、如诉如泣，又像是置身事外冷眼旁观，我从来没有见过这个样子的她，一个冰清玉洁的乖乖女在昏暗的酒吧唱着别人的情歌，我自是知道在外人面前要有面罩和伪装，只是不了解原来她和我同属把自己藏得完好无损的同类。

同类，往往只是惺惺相惜，对这点我深信不疑。

五月十七号是毕业生晚会，除了上课外每天都要跑到礼堂对稿和排练，阵势搞得像是春晚，对此我和左怡没少吐槽，并且旁敲侧击和老师请求主持人可以早回家。听完我们的抱怨后，老师只是温柔地从身边的水箱中掏出两瓶矿泉水递到我们手中，然后笑里藏刀地说：“这次可是直播啊，电视台的都要过来录像呢，你俩不时刻准备着，现场反应怎么行呢？”其实留得晚一些也好，只是看到每次靠在座椅上睡着的高成，都会有一种愧疚感，在这种感觉的驱使下叫醒高成的时候我都异常温柔，搞得左怡有一天站在身后冷冷地问“你俩真不是同性恋？”的时候，我恨不得大嘴巴抽醒熟睡的高成，但是为了避免我们之间的群架，我还是理智地忽略了左怡。

作为文科班的重点，最后一节课的无限制拖堂成了招牌特色，高成下课比较早的时候就会来到教室外面等我们，通过教室后门的窗户总能看到高成坐在窗户上，有时戴着耳机放空，有时低着头看着小册的漫画，他的蓝色镜片在六点多有些醉意的日光中反射着钴蓝的色泽，晃在玻璃上形成一汪明净的湖水色。

倒计时第三天，走出礼堂的时候已经是晚上九点，老师的要求越来越苛刻，彩排的力度也在增加，但是因为高成及时的外卖，倒是对于这种拖时间的行为没有任何反感，身边不断地走出同样结束彩排的人，但是校园依旧寂静。

“想想过三天又能敲鼓耍帅骗小学妹，真是支持我的精神动力！”高成伸着懒腰舒展睡僵的身体。

“贱人！当着我的面儿就要去勾引学妹。”左怡在我们面前已经毫不掩饰自己，乖乖女的扮相早就被她不知道丢在哪儿了，而对于左怡做主唱这件事情，彩排的时候无数人的惊讶和不相信已经完美地为乐队的再次复出吸引了足够多的关注。

“吃醋哦。”高成故作姿态地说着台湾腔搭上左怡的肩膀。

“谢谢。”左怡完美地笑着然后出其不意地给了高成腹部一击，我把搭在肩上的书包抽向高成，“活该哦贱人。”学着刚才高成拿捏的语调，我和左怡笑嘻嘻地走向车棚。

但是总有一种什么东西在破碎，现在只是在碎掉一块块的外表，我不清楚它的内核有多强大，是否能在演出结束后再爆炸，但是最近每天被左怡唱出的词，就这么一下一下铺砌着一条我不能确定的道路，但是我知道，曾经不堪回首的自己，就在尽头等着和我相逢。

6.

我是左怡。

今天是五月十七日，阴天且闷热，早上临走瞟了一眼天气预报，阴转中雨，西南风四五级。

毕业生晚会是在下午六点钟开始，只不过我们今天一整天都要待在礼堂做准备，为了保证我和南遇的顺利主持，乐队的表演被放在了压轴，尽管负责的老师皱着眉头说你们这首歌很不符合积极向上的主旋律，但是为了节目的多样性还是没有把我们的节目砍掉。谢天谢地，骑车在路上的时候总有一种今天会把自己的秘密透出去的感觉。

在台下休息的时候寒静溜进来找到了我们，她悄悄地坐到了闭着眼睛听音乐的南遇身旁，这样她的左边是南遇，右边是看动漫的我。“喂，今天我可不可以做你的助理啊？”寒静努力压低声音生怕吵到南遇。

“大点声儿会死啊？他戴着耳机又听不到。”我关掉手中的手机陷进椅子里，准备开始和寒静漫长的聊天拉锯战。

“羡慕嫉妒恨！”寒静一边酸酸地表达出自己的情绪，一边打开随手背着的单肩包。我往前探身只盯着这个姑娘能为我带来什么，看在南遇的分儿上，你多带来两个果冻也好。

果然寒静神奇地从不大的包中掏出了切好的水果、精致的三明治和几个果冻杯，“喂，把你罪恶的手放下，这些和你半毛钱关系都没有。”寒静依旧带着情敌的眼光看向我，为了吃到黄桃果冻，我知道此刻我必须要做点儿什么。

“第一，南遇没有表白我。”

……

“他要表白你，我还会理你吗！”

不理眼前这个疯女人，我继续阐述自己能够吃到果冻的理由。

“第二，我们只是单纯的合作伙伴关系，绝不会越雷池半步。”

……

“左怡，你知道吗？你真的吃不到了。”寒静恨恨地盯着我，对于“越雷池半步”这句话我知道在她的脑海中已经有了足够分量的画面，但是不出半秒我还是成功拿到了。

“对了，你知道南遇有过女朋友吗？”

……

今天的果冻有点儿酸，是不是过期了？

“算了，我就知道你不知道，我也是这两天才听到的。”寒静有些惆怅地陷在座椅里，不时地偷瞄闭着眼睛的南遇，像一个做贼心虚的小偷。

我看起来有没有不正常，脸上的表情不会出卖我吧？南遇又不是只有一个女朋友，这有什么大惊小怪的。

“听说南遇以前和高成差不多，都是一个坏男人坯子出来的，但是因为一件事儿就把南遇改成现在这个样子了。……他在初一交过一个女友，听说那个姑娘是和南遇一起长大的青梅竹马，只不过上到几年级的时候搬走了，等到再回来的时候就转到了南遇的中学，两个人顺理成章地在一起了，但是好像就是在一年前，那个女生不知道因为什么原因突然就死了……喂，你有没在听我说？”

今天的果冻真难吃，寒静是不是为了报复我买了过期的喜之郎。

“南遇、左怡，两位同学请快点儿来到台上，我们走最后一遍台。”舞台上的负责老师焦急地通过话筒叫着坐在台下的我们，我看到南遇安静地摘下耳机塞进背包里，然后一声不吭地向着舞台走去，我好像被钉在椅子中没有力量让自己站起来。倒是身边的寒静很慌乱：“喂，你说他是不是听到了？”我镇定地起身，拉开南遇的背包，那个被缠好的耳机规矩地躺在侧兜里，没有手机、没有iPod，什么都没有。

拉长这一秒，泼凉这肆意的嘲讽，我该报以多大的欢情送走你，感谢你给了我体面的离场。没有满目疮痍，没有恶语相争，没有最后的停留。

7.

我是南遇。

五月十七号，外面一直在阴天并且有了由远及近的轰隆声，我不知道是不是因为自己出现了幻听，倒是迫不及待地想要一场突如其来的大雨映衬这首《你还是走吧》，但是我知道这样自挖心口把浓稠没有精神的心脏给别人观赏无疑是一场自杀，对，倒还不如死去来得痛快，童家绘你说呢？

下午三点五十，我们走了最后一遍台，除了左怡开始出现不小心的磕巴和断片儿，负责整个彩排的老师都很满意，在最后的结束词中我明显感受到左怡的心不在焉，她的词没有一句是按照台本走的，但我还是硬生生地与台本相结合，台下的寒静和半场中溜进来的高成坐在第一排，他们吃惊的表情和站在舞台正下方的老师的表情不谋而合，很显然所有人的表情都说明了一点，最后一场的左怡是怎么了？

走下台的时候，左怡低着头走在我面前，下最后一个台阶时不小心差点儿就摔在了地上，我从后面及时搀住了她的右臂，没有报以感谢的话和表情，稳住身体后她直直地走向正在组织全体演职人员开会的老师面前，站在那里低着头，像是在想什么又好像在戏谑。

“左怡，最后一遍怎么了？这个样子可是不行啊。”老师带有责备的语气但又不好发作地对着左怡说。

“今天有些累，最后一遍状态不是很好。”左怡抬起头的瞬间我看过去，又是那个被包装得完好无损的宠儿左怡，带着完美的笑容和拿捏到位的腔调，果然在这样一个左怡面前所有的过错都是微不足道的，所有人要做的事情只有一个，顺从。

“原来是这样，那一会儿趁着上妆的时候好好休息一下。”老师的表情带着一种担心多余的自嘲，也是，没有缺点的左怡怎么会有让人失望的一面。

接下来的十分钟老师在说着最后的细节和改正，所有人都在认真地听着，毕竟是作为一场毕业生献礼，真诚是最大的保障，但是我能感觉到站在身旁的左怡一直若有所思地看着我，那是一种不想被我发现的躲藏和伪装，嘴角不由得有些微微上扬，左怡，难道寒静说的话对你产生了这么大的影响吗？

一个半小时的休息时间，我躲在简易化妆间里的沙发上闭目养神，周围来来回回的人很多，嘈杂没有章法，感觉所有的人都在混乱，但所有的事情又是框在一个规矩下进行。高成打电话过来的时候左怡正坐在前面的化妆台化妆，我站起来拿着手机走出房间。

“一会儿表演的时候你穿什么？”高成的声音懒洋洋的，有一种才从床上睡醒的感觉。

“我这儿只有一套主持的西服和早上穿过来的运动裤。”我靠在离着化妆间不远的墙上，随手打开了右边的窗户，有细细的雨丝飘了进来，“喂，外面开始下雨了，一会儿拿器材的时候小心点儿，尤其是我的贝斯。”

“又下雨，”高成懊恼的声音从电话那头传过来，“估计我和小宇的衣服就得成它们的雨披了，要不给你弄一条牛仔吧，T恤就你今儿早上的黑色那个？”

“高成……”我的语调突然变得低沉下来。

“怎么？”高成果然被这样的我搞得紧张起来。

“也没事儿，就是今天一天不断地想起一个人来。”我把右手伸到窗外去，雨丝开始变凉，闷热的气息已经被卷到泥土里。

“……童家绘。”高成沉默了几秒还是说出了这个名字。

我没有回应，只是看着外面开始渐渐变阴的天，沉默了下来，电话那头的高成也陪着我一起沉默，还有什么话要说呢？赌了半生的情动在没有绝情的旅途上，枉费了太多逝去的景色，我从来不相信深情是桩悲剧，当决绝地撞上南墙后我还能对你微笑，还能为我的不得体而尴尬，我无数次的大呼小叫和太多的丑态百出都是在和你一起时的放肆和深情，只是为了打压不断升级的情绪。我一直在行走和改变，在不同的城市遇到了不同的人，背着不同的背包说着不同的话，我不是想改变迷恋，但是因为用情是一件太炙热的事情，回忆是一件太寒冷的物件，靠着这样的极端才能生活下去的我还会期待什么浓墨重彩，只是希望你的热牛奶还在，远方还在，你的我还在。

“对，童家绘。”

挂掉电话后，我直起身想要朝化妆间走过去，但是迈出的第一秒就停住了。

左怡站在那里看着我，突然天空一个明亮的闪电透进屋中，趁着那一瞬间的光亮看清了她的表情，随后一阵闷雷轰然而至。

绝望和悲伤就快要溢出她的双眼盖住露出的双肩，她站在那里像是在荒野中燃烧，像是永生不得相拥。

8.

我是左怡。

五月十七日，现在是七点二十，外面在下着没有尽头的大雨。还有一个节目就要轮到乐队上台，上一个节目报幕的时候我已经偷偷瞄到有一些“痒”的歌迷带着闪光牌来到了现场，老师来到后台和我们说乐队是由校长来报幕，我们四个人听到这个消息后，小宇吞了下口水说：“长这么大第一次有校长保驾护航。”报完幕的南遇已经换好了黑T恤和牛仔裤，他们三个糙男人统一的黑色T恤，破牛仔和黑色高帮帆布鞋，就我一个人正经地穿着他们三个人拿过来的绿色小礼裙，只是不得不说虽然表面看上去不搭调，但是却有一种内在的浑然天成。

小宇开始打开琴包拿出吉他，高成则晃动着鼓槌心不在焉地和我开着玩笑，南遇沉默地蹲下去打开放在角落的琴包。

“高成！”南遇愤怒地站起身朝着身后的高成喊，我们几个人纷纷来到打开的琴包前，里面躺着一把已经废掉的贝斯，琴弦被人故意剪断，像是蓄谋已久。

“这他妈的是谁干的！”高成骂了一句然后朝着正在忙碌的后台大吼了一声，像是死水一般寂静，所有人都停下了手中忙碌的事情站在原地惴惴不安，高成愤怒的样子让他们不知所措，“再说一遍，你们谁把南遇的贝斯弄坏了！”高成踹倒了放在一旁的桌子，有不少的女生惊讶地叫了出来。这时有老师赶了过来，了解了情况后露出一副“谁让你们不事先做好准备”的责备表情，但是却吐出了几个字：“再想想办法。”我轻轻地拽住了身边快要狂躁到疯的高成，我知道老师这句话已经惹怒了他，但是打架从来都是最低劣的方法。

“要不南遇你和左怡合唱得了，咱们把录好的小样儿当作伴奏。”小宇皱着眉头看着坏掉的贝斯说。

“我想要现场。”南遇一字一字地从牙缝中挤出来。

这时另一个老师朝着后台喊起来：“乐队快点儿上台！”窗外突然一阵响雷，像是一记警醒又像是崩塌。

我们四个人互换了一下眼神，从这些眼神中我没有捕捉到一个有用的信息，但是没办法，外面是无数张死气沉沉需要放松的高三前辈们，“这样，我先出去救场，你们赶紧想出来怎么办。”说完我拿着话筒朝着舞台走了过去。

舞台很黑，灯光老师给了我一束光，走到台中央看不到台下，我微笑着举起话筒。

“为了让各位更好地适应乐队，我提前给大家预热一下。今天下午我们在彩排的时候，有很多人都谈到了对于毕业的想法，有的人说害怕有的人说向往。”我已经听到老师在台布后焦急地叫着我的名字，但是他们还没有出现我就不能下去。

“作为一名高二学生，面对着劳累的学长学姐们，除了鼓励和支持外，我还想送上一首诗作为对毕业生们的献礼。”台下鼓掌的人不少，我甚至听到了寒静喊了一句“左怡我爱你”的话，真是感谢自己平常积累的人气。“《毕业生》送给学长学姐们。”

救场的时间应该够了，临上台的时候我特意看了一眼南遇，他朝我肯定地点了点头。

在掌声雷动中走下台，三个人已经准备就绪在等着我会合，志愿者们在忙着小心地放置架子鼓和麦架。南遇看到我下来：“左怡，一会儿第二段我来，副歌一起，B部分的时候我们交换顺序。”我点了点头，然后四个人彼此交换了眼神就心领神会。

在台上站定的时候，南遇突然紧紧握住了我的手，我惊奇地看向他，他没有看过来只是又放开。灯光慢慢笼罩了舞台，台下无数人开始欢呼沸腾，南遇紧贴着话筒低沉地说：“时隔一个月重新归来的‘痒’，带着新的主唱和今天只能唱歌的悲伤贝斯手，一起感谢你们的到来，现在用你们的声音告诉我们，你们准备好了吗？”

《你还是走吧》以摇滚和民谣的结合，在癫狂的气氛中突然情感归零情绪落寞，又在几近绝望的困境中找到光亮还是重新对着微光疯狂，你们看到这个已经疯掉的南遇了吗？

不，你们永远也看不到。

9.

我是南遇。

五月十七号，在唱现场的时候我失声了，跪在年久失修的地板上应着观众的击掌声、撕裂声；

五月十七号，最后一首曲子结束的时候，左怡紧紧地拽住我的右手不肯放开，她用力地握着好像我快要离开，但是她却没有看我；

五月十七号，我知道有什么东西已经开始疯长了，意外和失望混合交织，唱歌的时候我只是用力地怀念我的童家绘；

五月十七号，在高成彻底把鼓槌敲断的那一刻，灯光都开始迷乱了；

五月十七号，左怡想对我说什么，但我却没有任何有意义的回应；

五月十七号，我们的高二，就这样结束了；

五月十七号，七点半乐队下台，校领导开始长篇大论，礼堂外的世界在下着倾盆的大雨。

我哑着嗓子招呼着已经有些疲累的三个人："去小宇酒吧吧。"果然高成的眼睛一下子被点亮，小宇抬起手中的表想了想说："要不今晚再在我那儿来上一场？""行啊，只要老板满意，我们随时奉陪啊。"左怡套上一件黑色的小外套，显然是已经准备好一会儿奔在雨里。

走在门口的时候，我举起自己的西装盖在一旁左怡的头上，然后拉着她就朝着车棚跑过去，身后的高成和小宇不断地发出怪叫声，两个人脱掉了T恤保护战果累累的乐器。在狂奔的路上不时有人尖叫着喊我们的名字，倒是苦了高成和小宇，珍贵的光膀子照旧要这么被慷慨奉献。

"谢谢你！"到了车棚后我蹲下去开锁，左怡突然来了这么一句。

我站起身把锁挂到车把上，然后坐在车座上打车："谢什么？"

"一切事情在你唱歌的时候就明确给了我答案，谢谢你让我的憧憬死亡得这么有力量。"左怡把一句像是想了很久的话扔了出来，然后笑着把披在肩膀上的西装搭在我的肩膀上，高成和小宇这个时候也骑着车来到我们面前，左怡调皮地小跑上前把小宇从座位上拽了下来，然后安静地坐在了高成的后面。

高成有些不知所措地看向我，我摇了摇头然后转过身打着了火。

那条绿色的小礼裙在雨水的袭击下显得楚楚可怜，但是却像一张浸泡在水中的莲叶，无限蔓延与延伸，安静地长满了全世界。

六月毕业季，许多人都疯了，他们终日幻想的一梦三四年终于在这个热度要泡开皮肤的月份结束了，而明年今日就像蛰伏在下一个路口的饕餮，一个转角就要果腹而眠。

左怡没有和高成在一起，我们彼此分享独立和青春，却始终知道，我们像到生命的弧度都完美得契合，像到注定不能在一起。

高成换了一副木质的黑框眼镜，我报废了机车，每天被高成载着上下学，“痒”在7月开了好几场封箱一年的专场。很多人都开始猜测为什么我们就要这么平凡地度过高三，寒静甚至在一个夏雨黏稠的夜晚哭诉着打电话来质问感情，我却什么都不能回答，可能因为一个人会放弃一些事情，为了一份梦想中的朝圣会放弃一座美好的城池。我不是招惹的少年，高成也不是绝顶的才俊，青春还小，我们总要慢慢放逐。

10.

我是左怡。

曾经，我的秘密是这个叫南遇的人，我甚至失掉理智地想念他，对，可能情感爆破的结果只是迷恋，在一瞬间清醒过来也只剩下自嘲。

我也只是，左怡，而已。

底片

○　　　●

/炙蓉

1

午后泛红的日光拨撩起夏日带来的燥热，身上的衣物吸饱了汗水粘连在皮肤上，硕重的赘物感加重了心底的烦躁不安。额头枕在手肘上，听着头顶风扇“呼呼”作响地大力旋转，那些鼓动的凉意即刻就被肆意的热浪吞噬干净。夏时穿着灰蓝色的运动装校服，细瘦的胳膊和小腿都严实地包裹在宽大的衣服里，与周围热裤短裙之类清凉的穿着相比，显得十分地不合时宜。

等到下课铃作响，一直被压低的窃窃私语轰然爆发成聒噪热闹的交谈接连在耳边响起，无非是关于女生钟爱的当季最热电视剧以及被男生们津津乐道的篮球比赛。于是困意渐渐消散，抬起头，看到每个人脸上都泛着激动热切的绿光。是怎样一幅诡谲的画面。整个教室都被莹绿的光笼罩着，黑板以及地面上投射的光斑，则分别是凝重的灰白色。

“夏时，你睡醒了？”好友笑意盈盈地伸手去拍她，由于是戴着美瞳的缘故，不像其他人一般眼睛里是巨大的白色瞳仁，渗着惨白的光。在夏时眼里好朋友密昂的眼睛和光线在水泥地板上的投影一样，是灰蒙蒙的，却有着让人安心的、货真价实的色泽。这是她借以区分密昂和别人不同的唯一特征。她在众多面孔中是那样地突兀，好似石雕中唯一一个鲜活的、带有灵魂的人，这样的描述并不夸大其词，对于夏时来说，辨认是一门比数学更要困难的学问。

“放学了，一起回家吧。”夏时揉着眼睛，绿色的光线摇曳了一会儿，蜕变成青黄的色泽，即使如此，密昂的脸也是看起来如此地亲切。她迅速拉出早就收拾好的书包，用力地把抽屉的盖子甩上，拉着好朋友的手就要走。

“等等。”密昂抽出被夏时紧紧抓着的胳膊，抬到了她面前，“你闻，是不是很香呢？”夏时皱皱鼻子，运动后汗津津的味道夹杂着一股青草和薄荷混合的味道，却如同她每日看到的色彩一样无法在脑海中凝成具象。

“嗯，还好啦。怎么不买茶香的或者是柠檬味道的，前几天听隔壁班的女生说那两款很好。”回忆起前些天在公车上听到的对话，夏时诚恳地对好朋友建议道，“这个味道好像不适合……”考虑良久找到问题的症结所在，“密昂不应该……”

“够了。”想要说完的话被密昂打断，“好歹这一瓶很贵的耶，别说这么伤人心的话。”密昂陡然转了话锋，语气也瘫软下来一截，望着夏时脸上的错愕这样解释着。“下次我们一起去买她们说的那个味道吧。”密昂回复了个俏皮轻快的口吻，像是躲避什么似的径自向前走去。

浅黄色的光线。

2

成为好朋友的必要条件有很多，诸如有共同的爱好，私密。这种关系不仅建立在形影不离上，还需要有共同的秘密来借以维系，达到一种彼此牵制的平衡。当有一天你将一个人当作了分享秘密的对象，你就将她默认为最好的朋友，因为她获悉的不仅仅是你心中最为柔软脆弱的地方，同样也是最致命的地方。你在获得一个可以安慰你，陪伴你的人的同时，你的身边已经埋伏下了一枚定时炸弹，不知过多久，这样的关系就会戛然而止，自己交付出去的秘密就会变成诋毁、对付自己的最大伤害。

此时此刻的密昂已经有所知觉，对夏时隐瞒了最重要的一件事。

一学期前的体育课，为了运动会的顺利开展举行了预演，两千米的集训跑，事先用煤灰在跑道上画出了具体位置的线以防乱了队形。高二部和高三部仅隔着两个跑道的宽度排列矩形方阵。手里拿着彩旗的密昂一边听着哨声规范自己的步伐，一边小声地跟身后的夏时抱怨：“什么嘛……好好地开运动会不就完了么，非要弄这些有的没有，累死了。”

“等一下跑的时候跟紧我。”密昂回头叮嘱道，夏时回过神来，耳边就已经响起了尖锐的哨音，队伍开始迅速地向前跑动，翻飞缤纷的彩旗耀花了夏时的眼睛。地上的煤灰痕迹也看不清了。

“密昂！”低声的呼救并没有被好友听见。因她的迟缓而错乱的脚步，夏时被人群带倒在地上，有许多错落不齐的脚步踉跄地从她身边跑过，就算后面的人相互提醒也不免有人踩到了她。痛楚和眼泪都在她勉强爬起的刹那间喷薄而出。她跌撞在一个人的身上。

凭感觉得知是高年级的一个学长，隐隐约约从周遭人艳羡的语气中猜出扶住自己的人有着很不错的口碑。从泪水迷蒙的视线里并未发觉他有多么与众不同，虽然看到停留在自己脸上的目光还是来自惨白的瞳孔，但明显要觉得温和得多。这不仅仅是视觉能够判断出来的，直觉也在作祟。忘了自己前一刻跌倒的丑态，“腾”地脸红起来。

幸好前来拉自己的密昂及时解了围，拉着一瘸一拐的自己去了校医务室。那位没有被她记清面貌的学长想要跟来，却被夏时执意拒绝了。

3

巧合是一种概率非常小的东西，令人捉摸不定。但生活就像狗血剧，巧合总在不应该出现的场合带来意外的转折。密昂书包的最外侧，装着一封信，毫无疑问，是来自那位意外邂逅的学长。只不过牛皮纸信封上遒劲有力的钢笔字写的并不是密昂，而是大得有些耀眼的“夏时收”。

秉着好朋友应该相互分享秘密的原则，在没有告诉夏时的情况下密昂就偷偷拆了那封信，和预想中的一样，那日过后，学长就对夏时那种迷蒙的眼神念念不忘。也许是习惯了受人瞩目，这样的忽视显然让他觉得十分新奇，想要跃跃欲试着去接近。

密昂清楚地记得昨天放学回家刚跟夏时在岔路口分开不久，便遇见了那天要跟她们一起去校医务室的男生。他讪讪地自我介绍，是高三部拥有着众多后援会的北辰。暂且不说样貌如何，单凭学生会会长和篮球队队长里外通吃的头衔，足以让任何女生都为之倾倒。所以密昂难免会对他产生幻想，在北辰将信递给她的那一刻，她甚至想好了要怎样不失矜持地答应他。脑海里出现了越来越多的关于自己和北辰在一起的画面，仿佛来自未来的嫉妒和簇拥让她飘飘欲仙。

"那个，经常和你在一起的女孩子，是叫夏时吗？麻烦帮我把这个给她吧。"

话一出口，密昂面如死灰，然后又涌起了不甘与愤怒的红晕。"好的，我会交给她的。"即使心里有一百个不乐意，表面上还是要装作和善的样子。随后又以方便告诉北辰关于夏时的一切交换了电话号码。

望着学长离开的背影，密昂紧紧地攥着方才装进口袋里的那封信，发泄似的狠狠揉捏着。至此，她手里拥有的关于夏时的弱点终于发挥作用了。虽然不能像她一样好运气得到北辰的欣赏，至少能够替自己扳回一局。

虽说自己和夏时是好朋友没错，但从始至终她们之间就是不平衡的，因为夏时告诉了密昂一个绝对不能说出去的秘密。

4

绝大多数的色盲很容易被发现，因为他们不是红变绿，绿变红这样对应的变化，而是不能分辨某一种三原色，而视其为灰色。如红色盲，看到红色与灰色的东西，觉得颜色差不多，其他人却觉得相差很大，那么就可以发现他是色盲。

但是有一种极少见的色盲叫"全色反"，又称三原色盲。是所有色盲病中最严重的一种视觉障碍，现实世界在其眼睛中如同一幅纯真的底片。患者将红色视为绿色，黑色视为白色，所有看到的颜色与现实完全相反。而夏时便是这千万分之一的病例。

倘若从一开始就是这样，恐怕也不会觉得有多痛苦。但夏时的病好像就是要一点一点地折磨她，将她的耐心消耗干净。逐渐地从她的视野中抽离所有的色彩，剥夺她正常的感官。

年幼的时候尚不知晓这种病带来的痛苦，在逐渐汲取知识的过程中，只以为所有的东西都会像磨旧的彩漆木偶一般褪色。这一过程是可怕的，看到的整个世界在自己眼里慢慢地枯萎直到死亡，作为见证者却无法扭转。任由恐慌一点点地逼近自己而自己却无能为力。

发现她是“全色反”是在小学二年级的时候。她总是说看不清黑板上的字。当时夏时的母亲以为是近视，就塞给她一百元钱买教师节礼物给老师，借机让老师为她换一个靠前的座位。时值隆冬，温度急转直下，满街都是戴着红色绒线帽的行人，新年的气氛格外热闹。在夏时的眼里，每个人头顶的一抹深沉的灰绿显得既好笑又死气沉沉，想着也许这就是所谓的流行。所以站在比自己还要高半个头的柜台面前告诉售货员自己需要一顶绿帽子时，被追问了好几遍：“确定是这个颜色吗？”

礼物送达班主任手中时，立即获得了它本身颜色般的戏剧效果。年仅二十八岁却秃顶的年轻班主任相亲数次均以失败告终的事众所周知。所幸作为一个园丁并没有当场暴跳如雷，而是打电话叫来了夏时的父母，开了一场简短的座谈会。大致是他一个人喋喋不休的数落，将夏时描述成了一个顽劣而一无是处的孩子。

回家的路上，夏时嘟着小嘴，跟着一脸阴沉的父母。她的母亲从塑料袋里抖出那个帽子扔到她面前：“看看你买的是什么！”

“不对，我要的不是这个颜色。明明买的是绿色的，和妈妈身上穿的一样的灰绿色。”听到这句话的夏时妈半天没回过神来，今早出门时隔壁的王婶还夸赞自己鲜亮的红裙子着实让自己年轻十岁不止。

方才的种种不快也被丢在脑后。夫妻俩急忙打车往医院赶。

最后的结果是医生带着惊奇又遗憾的目光递给他们的一张诊断书，三个字宣判了夏时的命运——“全色反”。

5

这几日密昂的举动有些反常。上课总是偷偷地看手机，偶尔也会在夹在课本的信纸上奋笔疾书些什么。她和夏时之间的谈话变得越发地少起来。密昂藏藏掖掖的行为不但没有引起夏时的疑惑，反而是夏时体谅地觉得密昂一定是恋爱了，需要自己的空间。好朋友间有些秘密不必深究，到了时候就会坦白，她单纯地这样想。

捕捉到夏时窥探的目光，密昂下意识地用手挡住正在写下的话。那是些毫无余地的拒绝的措辞，只不过娟秀的字体下，落款处却是夏时的名字。她通过这样的方式一再拒绝了北辰对夏时示好。通过长久以来的短信联络。关于北辰的一切都详尽地被密昂记录了下来，如果能用夏时的口吻顺利地拒绝北辰，凭自己这些时日来对北辰的了解，下一个和他在一起的人绝对会是自己。

但事情进展得很不顺利，北辰收到那封冒名顶替的信之后便发短信告诉密昂他想约夏时出来单独见面，也许一直以来用信件交流使得夏时觉得自己没有诚意不够勇敢。那种坚定的语气让密昂无法拒绝。但这也意味着她的精心策划就要化为灰烬。伪装的假面也要被撕下，丢尽脸面。

“密昂，下周体检，能不能……”夏时欲言又止。但她要说的话彼此已经心知肚明。密昂是发现夏时有色盲症状的少数几个人之一，为了保护夏时不因为疾病而被劝退学，每次体检时密昂都自告奋勇地替夏时蒙混过关。

“好吧。”很爽快地答应了夏时的请求，另一个想法在心中蠢蠢欲动：让夏时永远地退出自己的生活。

6

体检的当天，手持表格的学生们排着凌乱的队伍彼此打闹，体检的医生也一副心不在焉的样子。测试色盲时同一幅图摆在那里也不换。当轮到夏时的时候她用乞求的眼神看向密昂，谁知好友正在和一群人聊得火热，丝毫看不到她的窘迫。

换作平时，在快要轮到自己的时候，密昂一定会守在自己身边，替自己逃避过去。这一次只能铤而走险自己面对。

“689嘛，这么简单。”听到前面人的回答声，悄悄地记下了答案。

咬着下嘴唇局促地报上听来的答案，看着校医懒散地在体检表上盖下章子。悬在心中的石块终于落下。正要起身离开时，身后传来了自己最熟悉不过的声音。

“老师等一下，夏时好像有色盲的症状。”密昂清甜的声音听起来异常诚实，加上跑过来时气喘吁吁的表情，似乎有很紧急的事情要说，“夏时一直说看不清黑板上的字迹，并且最近走路总是撞到东西，我害怕她的眼睛有问题……”随着密昂说完这段话，夏时的面色也越来越凝重。

那段在夏时觉得无比漫长的时间里，校医的手将那本色盲检定图册依次翻过去给她看。明显是难得一见地态度认真了一回，将那从未翻过的书页挨个看过了一遍。那些令人眼花缭乱的马赛克在夏时眼里只有漆黑的一片。校医惊讶地贴近夏时的瞳孔去注视她。没有神情的白色瞳仁随着距离拉近被放大，周围原本应是澄澈的眼白在夏时眼中席卷成黑色的旋涡。她尖叫着推开校医，夺门而出。手机上已经接到了家里打来的电话说是学校的老师要求夏时退学。

她抱着双肩蹲在楼梯上，刚才剧烈的跑动使她已经累得没有力气去抽泣。大口地喘息着，想要把心中的绝望与无奈全部发泄出来。

她听见了匆忙上楼的脚步声，但是并没有抬起头。她闻到了淡淡的香气，是青草混着薄荷的味道，闻起来有一点像某款口香糖，但是香气要更加清冽些。她想起那日下午密昂袖子上的味道，汗津津的，此刻更惹人生厌。一只手搭在了自己的肩膀上。

“你别这么假惺惺了！叛徒！密昂你这么做到底是为什么！”一同爆发出来的还有自己向前大力推出的手，一个人影就从自己的面前顺着楼梯翻滚了下去，很快便流出一摊黑乎乎的血迹。

从轮廓上看来，这个人并不是密昂。她胆战心惊地走下楼去，才勉强从记忆里搜索出这张脸的主人。是那天及时搀扶住了快要跌倒的自己的学长，那温和的眼神已经定格为不可思议。曾经注视着自己的眼睛像死鱼一样向外凸着，没了神采。

7

“夏时？你在哪儿？”转过楼梯的拐角，密昂脸上带着一抹胜利的微笑，明晃晃地刺痛了夏时的眼睛。下一秒密昂就发出了惊恐的尖叫，她看见北辰僵硬地躺在地上早已没了气息。

“我们不是好朋友么？”看完北辰掉在地上的手机里全部的短信后，夏时向密昂伸出了手。

像和多年前的那个夏天一样，一觉醒来，天地就换了颜色。四处都像是从胶卷上凸显出来的那样带着诡异的色彩。睁眼闭眼都是相同的恐惧，没有任何的退路。就是因为自己的惧怕，所以不但隐隐期待着它有好转的一天而不是日渐崩坏下去。有些真相，在色彩贫乏的负片上，永远不会被发觉。

“最可怜的是‘全色反’，因为他们眼里的主色调只有大片的黑白灰，连立体感都不真实。”当时医生如是说，“如果能早一点发现，在还没生下来的时候就引产，就不会这样了。”

就不会这样痛苦了。

不带任何感情色彩的负片，本来就是备份而已。而鲜艳的色彩有一份就够了。前天在家中的抽屉里翻出了允许生二胎的各种标准政策的简报，父母俨然已将她当作残次品对待，有了再生一个孩子的打算。

早知如此，还不如一直停留在黑暗中比较好，做了这么久的噩梦，连同心底最后的，对于痊愈的希望或者是从朋友那里获得的抽象的温暖也被压榨干净。家中有一本厚重精美的相册，夹着各式的相片，有的被放大用裱框悬挂在家中最显眼的地方。而那些负片，不是因为太碍事被扔掉，就是随手夹在了不起眼的地方，一直沉默着。

“那为什么还要有负片的存在？”

“也许总有不堪入目的一面与美丽对应要人承受。虽然如此地不公。”

“但是为什么是我？”

和废弃的胶卷一般，夏时的内心被腐蚀成黑暗的沼泽，她向着惊慌失措的密昂走去，舍弃了全部的理智。如新生般一无所有。

夏日的红光随着热浪席卷而来。

“温暖我的眼睛吧。我再也不想当负片了。”

Part 9 看见快乐对我说

最初的悟

一又三分之二个夏天

● ● ● ● ●

● ○ ● ● ○

○ ● ● ● ●

● ● ● ○ ●

● ● ● ● ●

● ○ ● ● ●

一又三分之二个夏天

○ ●

段立文

高铁走了约八个小时，从早到晚。我们在窄长的车厢里坐着，冷气吹得关节疼痛。耳机塞了一整天，睡觉，醒来，睡觉。于山谷和隧道中穿行的时候，时速达三百多公里，视线中的景物悉数向后退去，前进的人像要飞起来一样，简直疯狂极了。从浙江到福建，窗外是中国南方那种湿漉漉的青山，蜿蜒纤细的盘山公路，散落在山上和平原上像火柴盒子一样呆板的三五层小楼，阳光照亮田野和树木，水田里耕种的农人皮肤黝黑。

在农田，山谷，村庄，小镇之间，速度及空间转换，仿佛永无停顿。我在背离自己的故乡，这是我一直想做的事情。

从福州下车的时间是晚上七点，大量嘈杂陌生的方言在傍晚异常潮湿的空气中不停翻涌发酵，如同当头一击。没有了家乡熟悉的味道，连呼吸都不适应。我想开口说话，发现言语一片空白。在那一瞬间我只听到了遥远的海洋的声音。

灼热的午后，阳光明晃晃地四处流动。阳光在八月的厦门更像一场暴雨。直接，激烈，让人无处可逃。扬起头来心中盲目不知所从，感觉窒息。我来的时候凤凰花开得正火红。校门道路两侧种植了高大的棕榈树，殖民地风格的建筑物上有朱红色木质百叶窗。

厦门大学，她的美暧昧不清，比想象中少一点，又比这个现实的世界多。

开学和军训的时候，事情出奇冗繁。写很多莫名其妙的东西，连续几天半夜十二点发说说。穿着肥大却不透气的劣质化纤衣服在大太阳下一站半天，清晰地感知到汗水从皮肤上滑下来时走的路线。偶尔有夜训，却不是高中晚上训练时那样激动和新鲜。我几乎谁都不认识，可还得看起来饶有兴致地跟旁边人说话聊天套近乎。问你叫什么名字，转身忘记。下次见到不好意思再问一遍，就连这个话题都没有，只能点点头笑笑。

我并不脸盲，可能是真不走心。看到建南大礼堂青黑色的楼顶渐渐隐于背后的紫色霞光中，而东南方向月亮升起来，或许还照亮了海面。心里空空的，想起了什么。是一件很好玩的事情，抑或是很矫情的事情。然后我环顾四周，默默地掏出手机发一条说说。我不想家，只是跟身边站着的女孩说现在谁都不能让我回去，我觉得只要一回去我就不会想回来。

跟朋友出去喝酒，有时候只是头晕，有时喝醉。厦大白城沙滩其实不是一个适合喝酒的地方，那里能听到海浪，深夜里海水涨潮，可第二天洗衣服是一盆又一盆沙子。酒精的作用下绝望一下子如海水般涌来，把心房填充得特别满。哭泣是在试图把这些东西变成眼泪流走，但那胸腔里的巨大响动，分明是心脏在绝望的碾轧下崩塌碎裂，和这世界一起一块块化成齑粉的声音。

我在一个月以前会控制不住地拨出某个号码，并且对那个人念念不忘。而到今天也就不会了，应该再也不会了。

深夜十一点跟同学去爬情人谷，我本想的是一路走到山顶看月光。可一条木板拼接的路把思源水库环绕起来，于是我们只是绕了一个圈。经过夜色中一座漆黑的石拱桥，再往前走没有路灯。同学说你还走不走，我说你去过这里吗，他说没有，我说好那我们走。

我们就这样走，夜里地面湿滑，不时有小青蛙从右脚边的水塘里跳出来进入左脚边的草丛中。湖心亭在黑暗中显出飞檐轻盈的轮廓，我甚至觉得自己看到了它四根柱子上剥落的朱红漆。亭子里有一个人拿着荧光鱼漂垂钓。我们坐在亭子外面的石头长椅上，分完一包烟，聊天。

两个人可是说了什么吗，并没有。不过是平日里的一些极琐碎的事情，能跟别人分享的那部分曾经，能与别人交流的那一些认识。山顶的月亮在平静的水面上留下一道寒凉的影子，这面碧绿色的湖泊，微风吹过水面时平静得像是不起涟漪。更长的时间里我们抽烟，沉默。那是一包台湾烟，入口烟雾缠绕在舌尖上，味道浓稠而辛辣。

过往的许许多多，皆在走过的路上沉淀成静默。没人可以分享，我们自然而然地无话可说。

时光中每一个能够沉思默想、浮想联翩的瞬间，都让人觉得欣慰。孤独多么难得，我竟拥有这许多。深夜中远离了一切尘世喧嚣，脚下的路，依然不曾停止。

我背着双肩包一个人走在大学校园里，感觉今年夏天非常漫长，像是再也不会有冬天一样。高跟鞋在鞋架上放着，时间久了盒子表面积了灰尘，也就忘了穿。脚上套着的这双白色阿迪，一直洗一直洗，终于发现它侧面开胶了。我不是知道珍惜的人，如果喜欢，就只会很用力地挥霍。

可还是想要一个安静的干净的人，有温暖的眼睛和手掌。这个人会是多么地难以寻觅，更可恨的是我只会等待。能找到身份，找到目标，唯独温暖和安全却很稀少。中学时代那些像花期一样的可能，那些人，竟都悉数错过。如今看来，那六年是场不自知的旅行。寻找一点点温暖并发现终不可得，得不到的东西，就应该错过。没有开始的结束，不断地不断地告别。只有旅途还在继续，我看见自己背着笨重的双肩包沿着柏油马路行走的身影。深灰色公路伸展向远方，侧过头看见无尽的金黄色大漠，戈壁中翠得发黑的孤独灌木和被夕阳燃烧起来的大片火红云霞。

我一直跟着自己的理想，独自走了好远好远。我问自己你现在能妥协吗。不，绝不。

一个人血液里的东西，真是很难抑制，就像生死一样。

低着头走路的时候，心知前方漫无边际。因为是一个人，就随时可以停留，也随时可以失踪。

又是在白城沙滩喝酒。不知道什么特殊日子，晚上有很多人放飞孔明灯。那个爱和我聊文学的文艺青年，他渐渐地醉了。我把背靠在台阶上，双腿蜷起来，一口一口地喝酒，像喝茶一样。这个时候进入嘴里的液体，没有任何味道。

孔明灯慢慢从海面升起，发出如太阳一般暗红朴拙的光。这群古老轻盈的精灵，它们在半空中分散开来，又在头顶上很高的地方聚在一处。我看着它们升空，没有声响且不知道去哪里。可它们在静默中相聚就像守着一个归期，然后一起走过广阔的孤独的夜空，然后一起死亡。

我看到这里眼含热泪。

经过黑暗的时间如果太过漫长，会让我觉得寒冷。终点到底是什么样子，我想让未来变成什么。每个人都有权利选择自己的生活方式。但换言之，人又是被拘禁的，从未曾得到权利决定自己的生活。我们孤独，或者漂流。更多的时候是在孤独中漂流。我读书然后远行。有时候我这样伤心，但不会表达，就如同不会去爱，从不。爱是被封闭被禁忌被拖延被搁置的。这样的爱，是我对人群的方式，是我手里唯一的救赎。我怕一旦错了，我会被自己的罪吞噬。

如果你说走吧，我会跟你走吗？我只是说我不会寻找只会等待你，可我没有告诉你我在哪里。

你不知道我有多羡慕那群孔明灯，因为它们无需言说而自有归期，他们一起死去。

这四年是什么模样，我怎么知道。去做心理测试回访，那人说因为有一两项得分情况不好。我就对着一个陌生人说了好多话，关于自己的规划，目标，活生生地把自己说成了一个有为青年。她很快就放我走了。出门的时候我一直在笑，也有可能，自己真是这个上进的样子吧。

接触到以前完全不了解的西方后现代文学，跟很多人讨论自己的文字，讨论电影、讨论书。这是我之前不曾做过的事情。生活毕竟在改变，性格的可塑期，说不定哪一天昨日的那个自己就悄悄地溜了好远。

翻看之前的旧书，看到书中关于死亡的概念，那个作者说如果有这样的一个机器能让我们按一下按钮就瞬间消失，那么地球上的人会少一半。我曾问自己："如果这样的按钮在你面前你会碰吗？"去年夏天我记得自己毫不犹豫地说"是的，我会。"可现在，我觉得我一定不会。自生而外，不曾考虑其他。死不是生的对立面，可生命始终有它值得敬畏的奥秘存在，不论事情变成什么样子。对痛苦的担当，就如同对喜悦的渴望，长大了的你我，需要以赤子之心坦然相对。

从八月一直到十月，这里依然裙裾飞扬。今年竟多过了三分之二个夏天。厦大的晚上总是安静而美好，潮湿的风扑到皮肤上，带来清凉的水汽。这几天天气有点凉了，天黑之后刮起的大风让人非常清醒。自白城一路到情人谷，天空中云层薄薄的。只要抬头，在哪里都能看见月亮。

所有发生过的，只是往事。而故事，还没开始。

就这样站在夜色里的时候，总有熟悉冰凉的月光透过路边高大的棕榈树叶子，洒在我脸上。

想要，一直走到世界的尽头去。

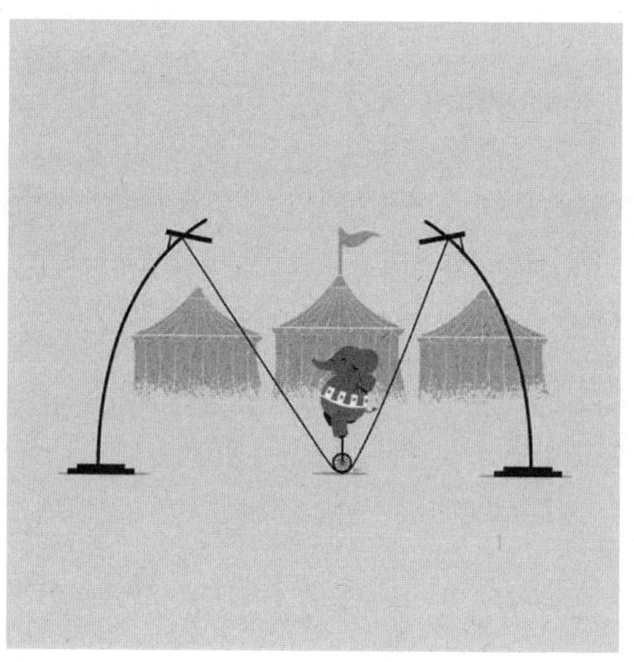

Part 10　二次元

万物归一

——浅析杨德昌《一一》

● ● ● ● ●

● ○ ● ● ○

● ● ● ●

● ● ● ○ ●

● ● ● ● ●

● ○ ● ● ●

万物归一

——浅析杨德昌《一一》

○　●

贾彬彬

要理解《一一》的主题，其实离不开“一一”这个片名。如何解读，或可说是“一一道来”的叙事方式和序列情景，或可解释是杨德昌导演从《独立时代》时就流露出来的强烈的道家主义情怀：“一生道，道生一”——从一演化为多。“道”是我们存在于这个世界中一切事物运行的规律，而一片虚无中产生了“一”，由它再不停地繁衍。那么对于一个家庭来说，这个家庭的“道”如何演化出“一”，它作用下的每个个体有怎样的发展以及对这个家庭团体的继承，大概就是意味所在。又或者结合它的英译名能得到更丰富的含义，A One And A Two：在这个以家庭为题材的电影中，对家庭成员的个体进行独立的切入和展开，又重视这个家庭团体的风貌态度。而出现在影片开端三分钟时由上而下一一出现的“一”又合成“二”，每个个体也有着各自延伸、丰富的人物关系，而影片虽然是序列般的情景叙述，但又靠并列、重复、回映进行叙事循环与角色对应。

这一家人，生活在同一屋檐下，彼此经历着相似的情感折磨与内心困惑，却互相交流——这些可能本来就暗藏在家庭中的隐疾，在家中长辈外婆脑溢血昏迷在床后突显了出来，无论是家人们独自面对外婆时的无话可说、内容重复或抗拒交谈，还是醒着的人们之间彼此熟悉的交往套路后的疏离与不理解：欠款人卷款逃跑、孩子满月酒被大闹之后，小舅在醉酒后被姐夫送回家时还邀请姐夫留下来共饮，姐夫拒绝后他在半玩笑话中脱下自己的衣衫反复喃喃自语，而后妻子发现了瓦斯气中倒在浴缸里的丈夫，他面色如常地推说是瓦斯的问题，他只是醉酒后并未发觉，而他的妻子和亲人也就轻轻地放过了。这就是家庭题材的力量——表面的生活看似漫不经心，可是内里各个分子都有多少风起云涌，但这些只属于自己的暗涌，哪怕是最亲的亲人都无法理解。这或许又从另一个角度解释了“一一”，每个人都是孤独的个体，难以真正交融，而《一一》将每一个人无法看到的另一半展现了出来。在片尾的时候，一直抗拒和外婆说话的洋洋给外婆念了一封信，这或许是对家庭关系饱含的最大的暖与希望：他们都说你走了，你也没有告诉我你去了哪里……说不定，有一天我会发现你到底去了哪里，到时候，我可不可以跟大家讲，叫大家一起过去看你呢？影片中，寡言少语的洋洋和片首便已昏迷的外婆只有在这结尾有着遥遥却又长长的言语倾诉，也是唯一的一个交流尝试：是否终有一天人与人能够相互理解与感应彼此的苦痛呢？

我们不妨拆解一下这个多线叙述的每一条线与人物。

这个群像式的电影的串联与见证，是片中唯一一个没有说话的人——外婆。外婆更像是一面镜子，映出了昏迷之后每个人的迷茫与软弱。片子以婚礼开头，外婆在婚礼当天突发脑溢血，以外婆的葬礼为结束，围绕着她的红白喜事与昏迷，每个人都展露出了更为复杂真实的自己，寡言少语的女婿KJ说的几句真心明埋的话，作为女强人的女儿敏敏面对昏迷的母亲说的话却日复一日地重复，暴露出了无聊生活的本质，也让敏敏手足无措，婷婷忏悔、迷惑，洋洋拒绝说话但早慧地将一切写在了信里，一向话最多的小儿子自以为能滔滔不绝，却连与旧情人见面都不敢同母亲说，暴露了他的怯懦。甚至连那个叫“美国”的远房亲戚都刻画得如此真实，在片首婚礼嬉笑大闹，在片尾葬礼号啕大哭，外露、浮浅的性格在平缓耐心的镜头前暴露无遗。外婆不说话、不提问，但心里装着他们所有人的问题。洋洋在信里就是这么说的，我不知道能和你说什么，因为你什么都知道了，不然怎么会每次都叫我听话呢。

大女儿婷婷经历了一场失败的初恋，她是与昏迷的外婆对话的家人中最勇敢的一个，外婆因为去倒一包自己忘记扔的垃圾而昏迷，她恳求外婆的原谅——这也是她继承父亲老实、纯善的一面。在片头的婚礼，面对小舅的旧情人云云的闹场显得手足无措的她，回到家里倒垃圾时，站在阳台上看到了邻居莉莉和她男友胖子的约会。这个镜头重复运用了几次，树下、马路中，从莉莉和胖子两人最初的热恋约会到争执分手，婷婷见证了这一切。她的爱情的态度也由迷惑、羡慕转变为了失望，而后一直求和失败的胖子掉转方向朝婷婷求爱，这一场恋爱最后仍是以胖子的逃避告终，胖子重归到莉莉身边。再次在楼下遇见，婷婷宽慰胖子一切无所谓时，反而遭到了胖子失控的责骂，责骂婷婷的乐观。最后婷婷被叫去了警察局，出乎意料的结局将之前莉莉家里的争执、莉莉与胖子的分合、胖子的悲观暴力串联到了一起：莉莉母亲的同居男友与莉莉发生了关系，导致了莉莉情绪的崩溃以及莉莉和胖子的分手，胖子最后在尝试了和乐观纯洁的婷婷在一起后仍然无法忘怀莉莉，最后将莉莉母亲的男友捅死在楼门外——胖子失控责骂时，怀揣着一把颤抖的、复仇的尖刀。悲伤欲绝的婷婷所见到的外婆到底是真是幻，但婷婷所悲泣的这个世界怎么与想象中差距如此之大的感叹却是真情实感。纯净唯美的初恋是如此易碎。

儿子洋洋包裹着最美好的希望。极少言语的他几乎每一句话都是影片的哲理，就如同照相，每个人都只能看到一半的自己，爸爸NJ看到全拍着后脑勺的照片后感慨：原来是这样。洋洋讨厌的那个女孩子在被门架住裙摆露出底裤后，他开始偷偷喜欢上她，关注、暗恋，像她一样学习游泳。他总是一个人默默地去做一些事情，午休时买胶卷、拍所有人的后脑勺、为喜欢的女孩子拿风筒、跑到浴缸里去学游泳。在这一部温情家常的外壳下包裹着残忍现实的亲情片里，他是希望的化身，在一系列悄然发生的悲剧进行之时，他为喜欢的女孩子跳下泳池学游泳，挣扎的声音被放大，当我们以为悲剧又一次发生时——他却带着惯有的若无其事的表情湿漉漉地出现在了混乱的外婆死亡现场，一声不吭地接受了妈妈的唠叨。那些各自疏离，不了解的故事一段段交代过后，也是洋洋掏出了那封写给外婆的信。爸爸猜测外婆不会怪洋洋，而洋洋更聪明的是，他知道外婆什么都知道了。关于孤独、沟通，正如外婆死去，去了他所不知道的地方，他却希望能找到那里，终有一天大家团聚。信的最后一句，也是影片的最后一句台词，力量足够——“外婆，我好想你，尤其是我看到那个还没有名字的小表弟，就会想起你常跟我说，你老了，我很想跟他说，我觉得，我也老了。”——表弟也会是下一个希望吗？

那么爸爸NJ呢？女儿婷婷和儿子洋洋的经历就是过去的他自己，害羞不敢告白的暗自倾心、美好易碎的初恋，这就是他的过去——女儿婷婷短暂的恋爱就在NJ和他初恋情人游走东京的同时来回切换，趁过马路时偷偷牵女生的手，第一次去开房时男生的逃避与害羞——女生是想用这个证明爱，却让男生选择了不得不面对。胖子选择了面对无法舍弃的莉莉和恋人被欺侮的仇恨，而看似老实和善，实际上却有着分明观点的NJ却选择了正视自己最爱的人对自己的不理解，断然分手。作为杨德昌的最后一部电影，导演的成熟理智在NJ与阿瑞的感情线上展现得十分到位，NJ与阿瑞在日本共度时光、宛如回到几十年前一样，牵手过马路、坐地铁，转瞬阿瑞提起她难以忘怀的分手经历、失声痛哭，责骂NJ为何不来，情景再度切换，愤怒的NJ也责难着恋人当初对自己的不理解，逼迫自己选择不喜欢的专业，而再之后这两个人却能坐在一处彼此嬉笑着调侃现在的自己——以为情浓时发现旧痛难忘，以为揭开伤口必将引起争执分裂，却发现最后两人将一切付诸笑谈。阿瑞恳求NJ，现在已经拥有了足够过完下辈子的钱，为何不从头来过，而NJ始终不肯迈出那一步，他能做的无非是抱一抱痛哭的恋人，又或者是冷静而克制地站在门外，说一句“我这辈子，没有爱过别人。”阿瑞带着这句间接的“我爱你”离开了酒店，而NJ回到家庭。NJ的迷茫在接到大大的电话时找到了出口——刚开始面对大大让NJ去应酬大田的要求时，会愤怒地说出“老实能装，交朋友能装，什么都要装，还有什么是真的”的NJ，来东京后意外被大田拒绝了合作，在电话里对大大说着不动声色的谎话，听到大大已经另与他人签约不再需要大田的合作后，本该是缓解了谈判失败的难堪，但为了掩饰他情场商场的双双失败，NJ却逼真地生气起来，责怪大大的出尔反尔，摔了电话——NJ和小舅舅一样，也是怯懦的。若不生这个气，那么他如何找个恰当的理由让一无所获的自己回到原来的生活中呢？看似从来不装的NJ其实才一直在装，从来没有爱过别人，却一直装得诚恳投入地过着眼下的生活。

这个影片里，怎么每个人都如此沉重、如此失意。前来洽谈合作的大田自己的企业也面临着亏损，即便想要合作，在知道了NJ的公司只是寄希望于靠这个合作来创造经济上的奇迹后，还是拒绝了知己NJ的请求。以为转了运的小舅舅被卷走了钱，而因为卖了老猪的石头而重归富裕的情况谁也不知道能支撑多久，在两个女人间挣扎，选择一个吉利的日子结婚，孩子却生得一个倒霉的八字，没人理解他，他也无法诉说——跟云云跟小燕或是跟外婆，都不能，那次瓦斯泄漏的意外不知道何时会再次发生；而跟随小舅舅多年的恋人云云最后没有成为新娘，一方面绞尽脑汁地想着如何搅乱他与新婚妻子的生活，一面掩藏着自己的落寞不得不成为情妇；自以为拥有完美家庭的敏敏呢？有这样一个镜头，敏敏一腔思绪朝窗外望去，摄影机从玻璃外往里拍，办公室灯亮起，所有人谈笑风生，玻璃上倒映着灯光闪烁的街景。妈妈的昏迷让她发现了自己找不到方向的无聊生活，本来不愿再上山的她再次上山找法师修炼，想要找到答案，没想到每个人说的话和她向昏迷的妈妈说的话一样，不断不断地重复。她回到家里，面对母亲的去世，也平静无波地听完了丈夫坦白的出轨。

从东京回来后的NJ和妻子坐在床的不同位置，他们的对话，或许是“一一”

另一个阐释的角度："山上的生活，其实真的没有什么不一样……我是觉得这一大堆，真的没有这么复杂。哪有那么复杂。""对……本来以为，我再活一次的话，可能会有什么不一样。结果还是差不多，没有什么不同。"

就算时光倒流回去，也不会有什么改变。依旧像是生命轨迹，你回望人生以为当时或许有无数种可能，但从头来过，你要走的、会走的，还是那条路。

Part 11 矜持的失语

少年 病

安静 泛滥 争辩 失语症

● ● ● ● ●

● ○ ● ● ○

○ ● ● ● ●

● ● ● ○ ●

● ● ● ● ●

● ○ ● ● ●

病

○ ●

文/段立文

一

周冬冬往雪克杯中加了一半冰块，倒进去瓶子底儿里最后一点金酒，随即放柠檬汁和糖浆，合上盖子摇晃。雪克杯圆胖的身子在他手中旋转翻滚，不锈钢反射出的银白色光线把昏暗的空间划成不规则的块状凝胶体，接着白浊的酒精混合物被倒进柯林杯里，苏打水一掺入，“嘶——”，激起一连串气泡。

他身上还是穿着那件卡其色圆领毛衣，干硬的劣质粗毛线使整件衣服板结，像两片厚毛毡一样直挺挺地挂在周冬冬清瘦突出的肩胛骨上。手肘部位蹭得乌油油的，可藏在这件磨损脱线的旧毛衣下面的手指像竹子一样修长灵巧，骨节分明。他用右手的食指和拇指捏起面前的柯林杯，向坐在屋子一角的安南示意。那动作中溢出来与衣着明显不符的优雅娴熟。

安南一口喝掉酒杯里的沙特勒斯马提尼，荧光绿色的液体原本在黑暗中看起来明亮，迅速消失的时候倒像是被空气吸收。而跪倒在地板上抱着桌子腿说胡话的女孩显然已经醉得不知道自己是谁了。她脚边放着一杯粉红色珂梦波丹，红得就像姑娘脸上的胭脂。周冬冬说，李沐就喜欢中看不中用的东西，你别看它艳艳的非常诱人，喝起来特别甜，没劲。

安南笑着说，可能很多人都喜欢甜美软弱的东西吧，不过你是越来越厉害了。

干杯。

二

认识周冬冬的人都知道，他每个季节只有两件衣服。夏天是黑白两色的短袖圆领T恤，春秋是套头圆领的卡其色毛衣和黑色绒衣，冬天加一件带帽子的深灰色外套。可是只有两件衣服轮换着穿的周冬冬会把脸和手清洗得非常干净，笑起来像他的家乡西北平原上秋天中午灼目的大太阳，让人觉得温暖但不燥热。

他当然穷，穷到几乎天天出去做兼职，在学校对面的酒吧里开夜车上班到凌晨五六点钟，再挂着两只大大的黑眼圈端坐在教室里听八点钟的哲学课，而且不打瞌睡。当然习惯了也就没什么。脱下自己的旧T恤穿上酒吧服务生的白衬衣黑西裤的他，练就了一手调酒的好本领，且看起来更特别了，眉宇之间有些英气，跟城市里脸色苍白眼神空洞的男孩子非常不同。

李沐说："周冬冬你的眼睛里面有东西，这种野心的东西怎么躲在深夜的吧台后面还能燃得那么旺盛，让你的瞳孔一直发出光来？"

是在他们做了朋友之后，周冬冬才敢回答说："有些事是我觉得你们这种每天晚上都有钱来酒吧买醉、且喜欢珂梦波丹的人所不能理解的。"

那究竟是些什么事情，又有谁可以理解呢？在周冬冬心里那个人大概是咕噜，可他从没有见过咕噜，甚至不知道代指的时候该用他还是她。男，三岁，阿尔巴尼亚，这些扯淡的零碎的文字，拼凑起来咕噜的全部信息。这人的头像用了一张年轻女人的眼睛，画面上那一只眸子呈现出一种湿漉漉的黑，黑到发蓝。

他因而觉得她该是个年轻的女孩子。他跟她说所有的话，上班的时候、熬夜的时候、上无聊的历史课的时候，想起什么是什么。咕噜二十四小时都在，极少提关于自己的事。他讲她听，他问她答。不知道该回复什么，她就发咕噜。

咕噜咕噜。有时候他怀疑咕噜根本不存在，只是个人工智能的自动回复机器。管她呢。

周冬冬后来在想，如果不是哪个无耻小混蛋拿走了他的学生卡，安南对他来说可能一直是个理平头、穿藏蓝色休闲裤、背着一堆书安静地去刷馆的学霸，而李沐就算再找她买一百杯珂梦波丹也不过是有钱无脑长得还算可以的路人甲。

可当周冬冬端着托盘站在食堂窗口前，把手伸进口袋里觉得口袋比心还空的时候，大脑确实花了几秒钟才反应过来自己的处境。后面排成的长队已经在唧唧咕咕表示着不满，安南默默地把卡刷上去，对周冬冬说你先用我的吧。

事实上周冬冬根本没有钱还他，虽然那天以后他们在餐厅里总时不时地打个照面。这样一来二去的彼此也就熟络了，周冬冬和安南，周冬冬和李沐，安南和李沐。安南说朋友这种东西是要看缘分的。周冬冬知道安南有钱，比如在酒吧打工时他总是叫安南去喝酒，安南每次都去，而且点几杯很贵的酒，慢慢喝到和周冬冬一起下班。谁都不清楚他是不是在特意照顾周冬冬。而安南出现不久李沐会不知道从哪个角落里闪出来，像个影子似的。她坐在离安南很远的地方，自己一个人喝酒，大声跟周围人聊天，笑起来像有人在胳肢她，又假又放肆。

有一次打烊之后李沐还没有走，周冬冬犹豫着要不要送她，顺口问安南住在哪间宿舍，安南说他在学校外面自己租公寓住。李沐没忍住发出了一声疑问，也就没多说什么。可很快她的酒便都算在安南账上。他们在一起了。

周冬冬说：“安南你要小心，我觉得李沐喜欢你是因为你有钱。”

安南说：“冬冬你错了，李沐她根本不喜欢我。”

三

中午一点钟，食堂里慢慢空了下来。周冬冬习惯在这种人很少的时间出现。他往盘子里铺了两份青菜后长舒一口气，至少看起来整个盘子是满的。几个桌子之外，靠近餐厅中央的位置三个女生聚在一起，饭就要吃完了，她们叽叽喳喳地聊天。那声音并不大，但只言片语还是穿过空荡的食堂，几乎毫无阻力地传到周冬冬耳朵里。

“她真的是好奇怪啊，以前自己饭都没的吃，有了钱就知道买衣服，现在好像更过分了呢。”

“是啊，以前虽然每天晚上见不到人，但是白天都在宿舍里，现在几天几天地看不见她。”

“李沐这个人啊……”

只听到李沐的名字，后面的话忽然就不清楚了，周冬冬下意识地把盘子往旁边移动，却被正在吃饭的女生察觉。她瞥了一眼周冬冬，连饭都没吃完，跟那两个人使了个眼色，三人站起来快步走开。穿着精致套装的姑娘离去后，淡淡的香水味还在空气里缠绵，可他感觉这一切像是不愿散去的嘲讽与讥笑，并把他包围缠绕。

那姑娘甚至没把托盘端走，盘里躺着一条咬了一口的鸡腿和一堆啃得七零八落的骨头。真恶心，周冬冬想，像条臭虫一样，我穿的这件衣服和这堆食物残渣一样，真恶心。

他盯着眼前铺满了盘子的菜叶，可眼睛余光里是那根沾着姑娘口水的胖鸡腿，愤怒突然就像烟幕弹一样在心里炸裂开来而且迅速把心脏填充得特别满。他掏出手机，用一秒钟时间按下爸爸的号码，又在接通后的第一秒挂断。

然后他换了一个号码，冲着手机大吼：“李沐今天晚上我要见你你必须来。喊完把盘子里的菜叶拌着米饭大口大口地吞咽干净。”

李沐果然来得很迟，像以往一样给自己点了一杯珂梦波丹，无视吧台边今天不上班但是已经等候她一个多小时的周冬冬。“喝什么自己点吧，今天我请你。”李沐倒是开门见山。周冬冬正在喝第二杯自己调的莫吉多，听到这话嘴角向下一扯，“是啊，你现在可是真有钱了。”

——你知道我为什么喜欢珂梦波丹吗，它太美了，清醇的粉红色像是被兑了水的鲜血，而且那么甜，留在喉咙里像谎言一样可爱，你知道的，谎言总是又甜又可爱。

——李沐你够了，你只是为了钱才接近安南，我清楚得很。你就这样利用别人对你的感情吗，还是你这种拜金的人根本不知道什么是真心？

——你说过有些事，我们这种每天晚上都有钱来酒吧烧钱的人不懂。每个月拿那点生活费的我也好像不懂啊。可我喜欢或者习惯了这样像公主一样活着，于是我在你们所有人面前装作无知无觉。你有你的野心，你敢把它烧起来，在黑夜里让每个人都看见，我不敢；你有你的孤独，你可以两件衣服穿一个季节，自己一个人打工养活自己而不管别人怎么说你，我不能。

她的面前不知道什么时候摆了三个空杯子，粉红色的液体残留在杯底。她喝第四杯珂梦波丹，一饮而尽，就这样毫无预兆地泪流满面，那眼泪沾了胭脂，变成粉红色的。

她说："太麻木了，对于物质，对于情感。太麻木了。我大概已经真的不知道什么是心。"

周冬冬守着满桌子空玻璃杯长时间地沉默。他说："我更喜欢莫吉多和血腥玛丽，一个加盐，一个加胡椒粉与辣椒酱。我觉得谎言的味道不只是甜的，它有时会辛辣到让人流眼泪，而且有时候像盐一样不可或缺。"

"谁都没有你所描述的那么完美与坚强。我每个月要自己赚钱，只是因为父母都是乡村老师，毕生的梦想是在当地县城里买一个带暖气的老公房，这样就不必在西北大雪没过脚踝的冬天走十几里山路劈柴取暖。我是已经成年的男孩子，长子。你没有见过我实在撑不住了抓起电话，用一秒钟时间按下十一个数字、痛骂弟弟妹妹骂到嗓子哑掉的样子。"

她说："这完全没有办法。命运而已，我没有办法，谁都没有办法。"

"那你就是因为这个去接近安南吗？他是我很好的兄弟，李沐你能不能别伤害他，我求你。"

女孩已经喝醉，她左脸贴在冰凉的玻璃桌面上，眼白和脸颊都被酒精烧起来，放大的毛细血管里面血液快速奔腾，有一连串的泪从右眼角溢出来流进左眼，又从左眼划过太阳穴最终浸到头发里。

“我追了安南这么久，每天像个鬼魂一样缠着他，难道我就一点都不动心吗？可我明白他完全不喜欢我，他只是人太好了不忍心看我这样子。有一次我在他钱包夹层里看到一张发黄的小照片，你想得到吗？那个时候安南染着灰色的头发，一边留得很长遮住半边脸，一边剃板寸，跟现在完全不一样。在他怀里紧紧地搂着一个面色苍白的女孩子，笑得很安静，长长的直发和眼睛一样，呈现一种湿漉漉的黑，黑到发蓝。

“我不知道什么人可以让他记这么久、藏这么深。但他确实不爱我，一点也不。”

周冬冬第一次有抱抱这个女孩子的冲动，想想还是忍住了。他轻咳一声，感觉自己酒醒得差不多了。他说：“过两天就是元旦，安南请我们到他家里去吃饭，一起去吧，有些事咱们需要把它说开。”

他停顿一会儿，点开聊天界面给李沐看，“你要是有一天找不到朋友，不如像我一样在网上交个可以聊天的人。其实大多数情况下我们只需要一个能倾听自己小想法的人罢了，有这个人，好像就可以好好活下去。她叫咕噜，我有什么话都讲给她，我们不会见面但确是朋友。”

李沐盯着周冬冬的手机屏幕，突然直起身子问：“这个人是谁？”周冬冬不明白发生了什么，李沐说：“这双眼睛真熟悉，简直跟那张照片一模一样。”但很快又瘫倒下去。

我喝多了眼睛发花。

世界上怎么会有这么巧的事呢。

四

安南的公寓在一楼，很小的一居室，但是收拾得井井有条，没有电视机，靠窗的地方有一台音箱在播放爱尔兰风琴。李沐在玄关处把鞋子踢到屋子里光脚踩到地板上，安南沉默着捡回来摆到鞋架上，表情带有纵容。他给李沐拿了双灰蓝色橡胶底男式棉拖鞋。

“这里没有女生的鞋子，不过还是新的，你将就一下吧，地上凉。”

此时这一间温暖小房子的空气中充斥着热热的食物香味。李沐扑上去揉搓安南的脑袋，大声叫安南怎么世界上还有你这么好的男人。

安南抿抿嘴，很大度地推开李沐，对周冬冬说：“吃完饭你调酒给我们喝吧，冰箱里有酒，有冰块，我买下了汤圆，天快亮的时候煮夜宵来吃。房子倒是很舒服，就是住在一楼闹老鼠，我昨天偷偷搞到些鼠药，明天你们不要走，跟我一起把老鼠消灭干净。”

“安南，那个女人是谁？你告诉我。”

“你在说什么？”

“女人，你钱包里照片上的那个女人，不记得是吗？安南你装够了没有？”

周冬冬感觉到安南的脸瞬间变了颜色，平日里的稳重和淡定仿佛一张面膜被李沐从脸上一把撕掉，露出陌生的面孔，有些苍老甚而扭曲。他上前去拉着李沐，对安南说：“你别理她，她今天晚上又喝多了。”可李沐像长了八条腕的乌贼一样拽住安南的领口，一用力脸上就满是泪水。“你告诉我那个人是谁？”安南也死死地攥住李沐手腕：“谁让你翻我的东西！”他一个字一个字地往外蹦，字字像锥子一样透着凶狠。

周冬冬觉得三个人都喝多了，安南变得如此陌生，只好趁自己还有力气抱住李沐往后扯，却听“刺啦”一声，布片发出解体的哀号，安南的衣服被李沐扯坏了。

他裸露的肩窝处，有一大道疤痕。大块凸起的粉红色肌肉堆在那里，皱巴巴的一团。

周冬冬不自觉地松开了李沐，而李沐呆在原地，吓得用手上安南的衣服碎片捂住嘴巴。

“够了。”安南整了整衣服，同时也整了整表情，面色恢复平静，“你们也看到了。坐下来说吧。”

照片上染灰色头发、一边遮住半侧脸一边剃成板寸的男孩子是十五岁的安南。他从一所贵族式初中刚毕业，一点也没有升入高中的打算。父亲从小对他疏于照顾但是要求很严格，一旦做不好动辄掌掴。他知道老爷子那份不大不小的事业足够他这辈子不愁工作衣食无忧，因此读高中读大学显得格外没有意义。中学毕业，交到了些差不多条件的朋友，几个男孩子租了间房子搞起乐队，每天想的不过是烟酒摇滚乐和旅行。

父亲当然气得一分花销都不给他，可每月母亲偷偷塞给他的钱，够让他想干什么就干什么。他在一次音乐节上遇见她。他说我当时觉得这么苍白安静的一个女孩不该在人潮中被挤来挤去。我便走到她身边护着，她侧过脸来跟我说谢谢，那眼睛很清澈，头发与眸子一样，呈现某种湿漉漉的黑色，黑到发蓝。

十五岁的他遇到十七岁的她，她那时还不会弹吉他，画得一手漂亮的油画与素描。他们去写生，在深夜里涨潮的大海边长时间拥抱接吻，海水从脚踝一点点升到膝盖。可从不做爱。他说我们这样深爱着彼此，爱到没有性，爱到没办法上床。

那一次也是去外地，很晚的时候他们出门吃消夜，在路边的小摊子上吃东西聊天。隔壁坐着五六个光膀子男人，喝得醉醺醺的，看起来并不面善。谁知脑袋油光、一脸横肉的那位还真的过来找事。他们大概是欺负安南是个小孩子，对着她动手动脚。她拉着安南说算了，要离开，怎想到喝多了的猥琐男人们围成一团，将两人圈在里面。为首的胖子开始扯她身上的衣服，她一脚踢到那人堆满油脂的肚子上，男人惨叫一声，一个巴掌重重地打下来，她像栀子花瓣一样苍白的脸立刻红肿起来。

安南在那一瞬间觉得全身的肌肉都跟她的脸颊一样疼痛，全身的血液都抽离到了头顶，继而从头顶流到眼睛里。他抄起地上的啤酒瓶向男人头上砸去，那个男人被酒精和鲜血刺激得完全失去了理智，一把夺过剩下的半截酒瓶子戳在他的肩膀上，再拔出来划向她的脸。

安南说，他可以打我，但他怎么能忍心毁了她的脸。

周围的人都像疯狗一样扑了上来。安南知道今晚要想结束没有别的办法了。他只好抱住那个男人，好在男人喝醉了没剩多少气力，然后用一片玻璃割开了他脖颈上的皮肤，用比他划破她的脸大一百倍的力量。

在颈动脉巨大的动脉压下，浓稠肮脏的血液直接喷进安南眼睛里。安南看到整个世界都浸在血液中，通红通红的，像她破碎的脸。

结束一个人的生命最快需要多久？

七秒钟。红黑色的血液流淌干净，呼吸停止，心跳消失，瞳孔扩散，没来得及闭上眼睛。

安南在少管所关了三年，这是那个对他不管不顾的父亲动用所有关系之后，为他能争取到的最好结果。他说从那里出来回到家，看见父亲的头发全白了，感觉他整个人缩小了一圈。我不知道这三年，爱面子、做事风光的他用怎样的态度面对别人，面对自己。我跪在痛哭不止的母亲脚边，父亲走过来一脚揣在我胸口上。他砸到我脸上一堆钱，有十万块，他说你滚。

我在少管所里待了三年，从少年到成年。然后回家过了不到半个小时，被失望至极的亲生父亲扫地出门，除了钱，什么都没有。十八岁来到一个陌生的城市开始念高一，自己给自己办理入学手续。从此我没有家，没有见过父母，没有见过她。租房子住是因为真的想有个家，学着对所有的朋友都好，能花钱去解决的事情从不心疼，尽量不去伤害任何人，也不过是想遇见几个能听听这往事的人。

可我有时也会想不明白，怎么突然间，在这个世界上我就真的这样绝对地孤身一人了呢？

五

安南的故事讲到后半段，李沐已经喝醉了。她晃过来趴在安南身上说你抱抱我，安南就用左臂揽着她，伸出右手拿面前的沙特勒斯马提尼，这种莹绿色的酒制作难度高，成分复杂且口感暧昧不清。李沐总是不安分，她挣扎着站起来，走到周冬冬身边拿酒喝，端着酒杯挪了两步终于跪倒在地上，抱住桌子腿开始哭。

周冬冬给自己调了一份柯林，跟安南重新举杯，动作中溢出来与衣着不相符的优雅。

他说李沐就喜欢中看不中用的东西，珂梦波丹艳艳的非常诱人，但喝起来特别甜，没劲。

安南笑着说，可能很多人都喜欢甜美软弱的东西吧，不过你是越来越厉害了。

干杯。

凌晨三四点钟，新的一年已如期而至，小公寓里三个人好像把所有的酒都饮尽了，桌子上的玻璃杯底部，是一片红色绿色白色的反光。他们仍旧都醉醺醺的，安南说不如煮点消夜吧，他站起来摇摇摆摆地去开冰箱。在被开辟出来当作厨房的角落里，放着一只电饭煲。

周冬冬看安南去准备吃的，想起了咕噜、她的头像和李沐说的话。

“在吗？”

“咕噜。”

其实他知道咕噜一直在。如果这不是一台人工智能的自动回复机器，就是一个神奇到似乎可以不眠不休的女人。

他现在不愿意绕弯子说些新年快乐之类的废话。

“你认识一个叫安南的人吗，那一年你十七岁他十五岁，你认识他。是吗？”

这一次周冬冬等了很久都没有回应，连平时最习惯的那声咕噜都没有。

他仔细看时，系统显示原来咕噜已不在线，只是她的头像颜色接近黑白，所以不好分辨。

第一次，他这么清楚明确地感知到咕噜的存在，是准确无误地作为一个人的存在。他发送一条离线消息，却不知道那个人是不是能看得到。

“我想要好好珍惜你，以一颗知道一切都不复重来的珍重之心。”

李沐是被冻醒的或者是被煮汤圆的味道唤醒的。她根本还在醉着，走起路来呈S形，一步一个趔趄。她喊着：“安南，你怎么知道我饿死了？”说着就要伸勺子捞汤圆，安南拿勺子柄打她：“你急什么，刚下锅，还早着呢。”可她赖在电饭煲旁边不走了，或者没力气站起来走，无聊地拿筷子一个个地戳汤圆。终于是戳破了一只，馅子溢出来味道香甜浓郁。周冬冬立刻把她的手挪开。她还未尽兴，转而攻击电饭煲四周。

在放置电饭煲的墙角处有一个透明的小玻璃瓶子，是装糖或者盐的调料罐。瓶子中残留着一点白色粉末，也就刚把瓶子底填满。李沐把盖子打开，迅速地把这点白色粉末倒进锅。之后举着空玻璃瓶给安南看，笑得像个奸计得逞的孩子。“这是你家的糖还是盐啊，我给加进锅里了，你说这汤圆还好吃吗？”

安南的大脑空了一下，像是被这醉酒的女孩纯真放肆而对世间无所知觉的笑容击中。他想起昨天买来的药，因为进门时塑料袋被划破所以洒了好多，干脆将这剩下的一点灌到玻璃瓶子里，扔在某个墙角。他想的是玻璃瓶防潮还不会被老鼠咬坏，忘了那个干净的小瓶子是调料罐，而且被他放在电饭锅后面。

周冬冬依然盯着暗下去的手机屏幕发呆。李沐笑着笑着，好像有点累。

空气中汤圆的味道在变淡，似乎正有什么奇怪的气息弥散开来。

结束一个人的生命最快需要多久？七秒钟。安南眼前是那晚他所见的浸在鲜血中的世界。一个从十五岁起就被迫背负上别人扔给的、沉重而鲜血淋漓的整个人间的少年，他有罪。

时间过去这么多年，怎么连结局也看得到了呢。只是这结局不是那结局。一切都好像没个了断，又都了断了。

还来得及。就要来不及了。

他转身拉开冰箱门，拿出一袋糖渍桂花一股脑加进汤圆中。不一会儿满房间都是糖桂花腻人的甜味，而那锅饱满诱人的汤圆浮起来了。

李沐亲自给周冬冬盛了一大碗，又递一碗给安南，最后才给自己。

周冬冬说："你今天是怎么了，酒没醒吧，突然这么有良心？"

李沐说："新一年了，好吧，我可是想要重新开始，有些问题不得不面对，而我还这样年轻。"

安南说："你们不觉得，每个人似乎都是特别病态地活着吗？我们的疾病不止一种，而是各式各样，它像原罪一样，像宿命一样，逃都逃不掉，必须得让每一个人都染上才罢休。"

李沐说："是青春病吗？"

周冬冬说："那又怎样。病不是要躲的，是要治的。只要不会致命，反正我们还年轻着，手里什么都可以有，不怕。"

安南笑着说："也是啊。汤圆就要凉了。"

失语症

○ ●

/周苏婕

这是一个话语泛滥的年代。

我走出校门时，一直盯着卖鸡蛋饼的小贩，并且听到两个优等生的对话。当一群人排着队围哄小贩时，一个优等生说道：

“作业这么多？找人抄。”

小贩面前的一个胖男孩，嚷嚷着要更多的火腿。一辆接孩子回家的豪华轿车，试图穿过狭窄的小路。胖男孩的声音，就像他的身躯一样庞大，连喇叭声也要为他腾出空位。这时，另一个优等生说：

“懒得复习。反正也考不好。”

小贩怕自己的声音被比下去，也扯着嗓子喊，要胖男孩加钱。就在胖男孩抱怨物价飞涨时，轿车成功挤散了长队。第一个优等生看着混乱的人群，又说道：

“我要去网吧打游戏。”

鸡蛋饼摊前的场面已完全失控，人人都在为插队的事争论不休。第二个优等生，一边饶有兴趣地听着他们的对骂，一边说道：

“我晚上去看电影，票都买好了。”

说完，两个优等生便各自离开。我知道他们不会去网吧，也不会去电影院，而关于抄作业和考试不复习的豪言壮语，只是他们习惯性的离别用语。当普通人还停留在“再见”的层面上时，他们早已掌握一种更巧妙、更隐晦的表达。这是优等生的世界，我无法理解。

此时，胖男孩正吃着饼，从我面前经过，空气里满是油腻腻的香味。我回望小贩，再次听到此起彼伏的争吵声，最终还是咽了咽口水，往家走去。

一回家，母亲的唠叨就开始在屋内回旋。

她洗着菜骂道：

“又去哪儿疯玩了？”

过了一会儿，她开始剁菜：

“洗洗你的脏手。”

再过了一会儿，她直接走出厨房，手里举着菜刀：

“还在磨蹭什么？作业做完没？”

就在这时，醉醺醺的父亲撞开了家门。他是一个令人捉摸不透的家伙。没人能预料他会在什么时候喝酒，也无法猜到喝醉后他又会胡说些什么。在父亲的目光还未转移到我身上时，我赶紧跑回了房间。他的愤怒是没有来由的，也没有去向的，撞到什么，就是什么。

于是，客厅里留下举着菜刀的怨妇和想要发脾气的酒鬼。这间屋子，早已习惯他们的打闹、家具破碎的声响。

我说一句话，都是多余的。

第二天晚上，家里来了客人，这成为他们和好的契机。两个人都是要面子，争强好胜的。当客人对这夫唱妇随的画面羡慕不已时，我的缺席又成为他们新一轮战争的导火索。当然，客人还在家时，他们只能强压心头的怒火。

“你家儿子呢？”客人关切地问。

母亲叫了几遍我的名字，却无人回应。

客人喝了一口茶，又说：“小时候，你家儿子就乖巧，安静。哪像我们家的，得了多动症！”

母亲回了几句应承的话，父亲则开始满屋子找人。

客人又说："这么晚了，还没回家？"

母亲赔着笑，却不甘示弱："哦！才想起来他去补课了。他不像野孩子那样疯玩的。"

客人也笑了笑："我家孩子要像你家的那样好，早拿第一了。"

母亲愣住了，她忘记她面对的是一个优等生的家长，而她的儿子却总是在倒数徘徊。她给自己挖了一个坑，并且义无反顾地跳了进去。

等到客人离开，母亲终于掩饰不住尴尬和羞愧，又和父亲吵上了。

"去哪儿了？你怎么管的儿子？"

"你问我，我问谁？"

如此地你一句我一句，是没有休止的。他们顾着各自的脸皮，沉浸在吵架的愉悦中，完全忽略了我的去向。而实际上，我就躲在卧室的衣柜里。

应对一个陌生人接连不断的话语，对我而言，是件困难的事情。我转不过弯，也说不上话。唯一能做的，只有逃避。我把头埋进层层叠叠的衣服，抱着膝盖，蜷缩成一团。这让我想起一件难以启齿的往事。

那时刚开学，每个人都要自我介绍。他们口若悬河，一套又一套，像是唱戏，又像是说相声。轮到我上讲台时，所有人的目光都射向我，仿佛无数的针扎在脊梁上。我张开嘴，却说不出一个字，露出被鱼刺卡住的模样。眼前的一切都开始变得模糊，说不清是凝固还是在流动。不记得最终是如何走下台，但那种火辣辣的烫感，却在以后的生活里，三番五次地折腾、纠缠。

有些人是为舞台而生的。他们暴露在聚光灯下，摆出一呼百应的姿态，脸上那种自然而然的神态，和我面对黑暗时的神态是一样的。我不能理解他们有棱有角的处理方式，就像他们不能明白黑暗给予我的快感，那种模棱两可、虚实交替的幻觉。

但他们常常不费力地就让我垂头丧气。在一次话剧比赛中，我们班赢得了第一名。演员们高傲地昂起头，其余的人也欢呼雀跃。

“主角的衣服是我做的。”一个拉着隔壁班班长的女生说道。

“对，剧本就是他找的。”一个男生面对校长的提问，指向另一个男生。

我也想表达内心的自豪，却又羞于开口，只好等着别人来发现。这时，一大帮人从我面前经过，导演打着头。他举起第一名的奖杯，冲我笑：

“你看，我们是冠军！”

他在我脸上没有看到他所期待的羡慕后，又领着身后的人向别处走去。我被隔绝在人群外，好像一个看热闹的局外人。谁也没想起那个搬道具的男孩。

如果能流利地说一两个句子，我也可以随着他们从南到北。

父母吵架吵累后，各自离开了家。吵归吵，他们到底是夫妻，在某些方面的看法惊人地一致。他们坚信，寻找儿子是不必要的，最后他会自己回家。于是，父亲接着喝酒，母亲继续打麻将。

我从衣柜里爬出来，拍了拍发麻的双脚，又从抽屉里掏出烟和打火机。这段安静的时间是宝贵的。这个世界上，到处是声音，铺天盖地的声音。就连夜深人静时，楼上传来的呼噜，窗外肆虐的猫叫，都会让我不安，整夜失眠。

我的手抖了好几次，才点燃一根烟。同时，我在玻璃窗里，看到烟熏雾缭间的自己。我长得并不丑，起码侧脸有优美的线条。我换了一个夹烟的动作，这看起来也是有味道的。紧接着，我又变了变姿势，做一些神秘的手势，夸张的表情。就这样，一个人忽然间沉浸在了他所能幻想的最好梦境里。我想，我最伟大的理想应该是当一个幽默剧演员。

但翻涌而上的另一件往事，又打碎了这个理想。那天，教室黑板上画了一头猪，旁边写有班主任的名字。班主任看到后，把书砸在地上，问是谁干的。他揪出几个平时捣蛋的家伙，结果他们一致把手指向我。

班主任清楚我没有胆量干这种事，但迫于面子，不得不问我。我本可以做一番辩解，但又不愿开口，只好抿住嘴唇，脸涨得通红。这样一来，反而显得做贼心虚。最终，在辩解和点头之间，我选择了后者。

我的声音，只能发出来给自己听。我的表情，也只能做给自己看。我希望所有人能遗忘我。母亲买来的一件新衣服，并不能让我欣喜万分，因为我会被人们再度关注。考试得一次高分，也常让我胆战心惊，哪怕凭借真实水平。

我恐惧麦克风和广播喇叭，恐惧和别人说话。一想到别人嘴里的气体，会流淌到我的嘴里，我就无法阻挡心底涌现的恶心和痛苦。

但同时，我又是那样渴望说话，这会为我省去无数麻烦，并且多少满足一点虚荣感。可有些秘密，是要不惜代价保护的。

不说话的日子里，我就聚精会神地观察一个人。这个稍纵即逝的世界里，几乎没人再专注地做一件事。他们时间紧张，精于分工，比如嘴巴对这个人说话，脑袋里却装着另一个人。我很笨，也做不到，所以顺理成章地被人嫌弃。

最近我盯上了班长。平日里，他勤快地跑进跑出办公室，很少正眼看同学。大家都说班长有威信，不屑于和一般人计较。但我观察后发现，实际上，他的眼睛长歪了。而这段时间，谁都没发现班长进办公室的次数变少，也无人看到他眼神里的涣散。我盘算着这些蹊跷，直到发现他笔记本里一个女孩的画像，才恍然大悟。

在那些光线昏黄的傍晚，我看到班长跟踪着这个女孩，女孩长发飘散，背影朦胧，一种心神迷乱的幸福在班长的脸庞上游动着，让我既吃惊又兴奋。过了一周，当我在一个自行车车棚里走来走去时，突然发现了那女孩。她坐在不远处的草坪上，和另一个女孩吃着东西。隔了几米远的灌木丛里，露出班长的小半张脸。我赶紧蹲了下来，眼睛一动不动。

女孩在吃辣条，一种地摊上买的廉价零食。她吃得津津有味，甚至发出“吧唧吧唧”的声响。她一心一意吃辣条的模样，就像我一心一意啃大饼的祖父。我的祖父，为人老实，喜欢吃饼。家门口，水井边，茅厕里，祖父可以蹲在任何地方啃大饼，没有谁能阻碍他。他把生命里所有的事情都丢到一边，就为了认真地对待一张饼。此刻，女孩的嘴唇被调料汁染红，在我眼里，显得那样动人。而班长的眉头，却皱得越来越紧。他是那种一边进食一边背单词的人。

过了一会儿，女孩吃完辣条，开始和同伴说话。

“认识肖灵吗？”她问。

另一个女孩点点头：“她们说她很漂亮。”

“化妆化出来的。”

“她有男朋友？”

“同时有好几个。”

“你和她不是好朋友吗？”

那女孩抬头望了望天空，很久才吐出几个字：“大概吧。”

她们又坐了十几分钟，便起身离开。等到她们走远，班长才从灌木丛里站起来。他的表情已变得扭曲，嘴巴瘪着，眼睛歪得更加厉害。他踢起路边的一个车轮，撞到自行车车棚的铁皮上，发出巨大的声响。他从我眼前经过，轻声念叨着一句话：

“怎么会这样？”

十几岁的年纪，是最爱说话的年纪。絮絮叨叨，没完没了。每到下课，三五成群的人便聚在一起。他们的话题多种多样，频率最高的莫过于游戏、电视剧，以及男女间的绯闻。全班只有我和另一个男生林木，不参加这样盛大的讨论会。或者更准确地说，我被他们隔离在外，他们被他隔离在外。

林木是一个很能说的人。他把话抢在所有人之前，成语典故一堆又一堆，等到他说完，没有人能再插上一句。他不屑于和一般人聊无用的东西，这似乎会拉低他的说话水平。他很节制，懂得保存实力。他常穿着破旧的衣服，举手发言，博得老师的赞赏。后来，同学们不再惊讶于他惊人的口才，而把目光转移到他的穿着。他们为能找到他袖口的线头、衣领的油渍而沾沾自喜，这多少平衡了内心的嫉妒。在他们眼里，一个不打扮整洁的人，再怎么能说都是枉然。

但有一天，当林木穿着一身崭新的西装，出现在学校典礼的演讲舞台上时，全场都被他翩翩的风度折服了。结束后，我去了趟厕所，听到几个男生的玩笑话。

“他家不是很穷吗？哪来的钱买西装？”

“可能是借的。”

“不像。那衣服很新。”

“大概是偷来的吧？”

就在这时，班里最八卦的男生走了进来，在听到“偷”这个字眼时，他的耳朵明显地动了动。

第二天，所有小团体都以这套西装为话题，开始课后讨论。那个八卦王尤受欢迎，女生总爱围绕在他身边。根据以往的经验，他知道的内幕总是最及时、最可靠的。他让女生靠近，瞪大眼睛，神神道道地说：

“听说，那衣服是偷来的。”

大家都发出了惊恐的呼声，互相交换着眼神。女生的一惊一乍，让八卦王又回归到高高在上的位置。他添油加醋的本领，让这个偷西装的故事充满传奇色彩，抓住了一颗颗躁动的心。一传十，十传百，没过几天，这个故事就延伸出了好几个版本。每个人都利用这个难得的机会，展示、甚至攀比一下各自的想象力。

等故事传回到八卦王的耳朵里，连他也大吃一惊。

“真是偷来的？”八卦王默默问自己。

最初，我同情被鄙视的林木，就像同情自己一样。当我望着他时，我以为他会回我一个同样默契的眼神。但他没有，只是冷冷地瞥了我一下，带着厌恶和不屑。那一刻，他带给我的伤害，比任何人的都要深刻。我失望地转移了阵营，混在各种小团体里，不说话，但是摆出很感兴趣的表情。在他们说到高潮时，我总是使劲地点头，非常投入。

后来，林木的父亲到学校，向大家澄清西装只是生日礼物。但这并没有阻止什么，事情越演越烈。纵然林木能说会道，但再如何辩驳，每个人吐一口唾沫，也能把他淹死。谁也不在乎他究竟有没有偷，他们只是想说话，耗尽心血地说，歇斯底里地说。

最终，在一个日光令人眩晕的中午，林木走到窗户边，一言不发地跳了下去。他绝望的模样，仿佛当年在讲台上说不出一句话的我。

血溅了一地，以后大家宁可绕路，也不愿经过那个地方。当领导调查，把舆论的源头指向八卦王时，他哭着低头说：

“我也是听来的。”

林木的死不了了之。在很长的一段时间里，这个学校享受到了难得的清静。许多人选择和我拉近关系，他们发现了沉默的好处。

又过了一两年。当外校人问到这件事时，当年那群人又活跃起来。他们眉飞色舞地描述着林木的演讲，舆论的风波以及恐怖的跳楼，感受着久违的虚荣和满足。他们在一个死去的灵魂里不停地说话，来汲取新的力量，滋润自己的生命，仿佛一条杀死人的马路，一根成全上吊的屋梁。不用多久，他们就可以像马路，像屋梁一样，活得理所当然。

说话，终究是比沉默要好。

班里转来一个新同学时，校门口也多了一个卖鸡蛋饼的小贩。有天，我和新同学一起走出校门。我径直朝新摊子走去。他问我为什么不去卖得更火爆的旧摊子。我指了指新摊子上的价格牌，他转头望了望，旧摊子上却没有。

他愣了愣，又问我是不是哑巴。

我摇摇头，很缓慢地说道：“不……我……我是……口吃。”

他张大嘴一动不动，像是患了失语症。

图书在版编目（CIP）数据

盛开：第十七届全国新概念获奖者范本作品. B卷 / 方达主编. 一北京：北京联合出版公司, 2015.3（2016.3 重印）
ISBN 978-7-5502-4789-5

Ⅰ.①盛… Ⅱ.①方… Ⅲ.①中国文学一当代文学一作品综合集 Ⅳ.①I217.1

中国版本图书馆CIP数据核字(2015)第040488号

盛开：第十七届全国新概念获奖者范本作品. B卷
作　　者：方达主编
选题策划：顾夏
责任编辑：王巍
版式设计：罗鋆（@JUUUN_L）

北京联合出版公司出版
（北京市西城区德外大街83号楼9层 100088）
北京盛通印刷股份有限公司印制　新华书店经销
字数：199千字　700毫米×980毫米　1/16　印张：15
2015年3月第1版　2016年3月第2次印刷
ISBN：978-7-5502-4789-5
定价：29.80元